BASTEI
LÜBBE

Folgende Romane
sind bisher bei Bastei-Lübbe erschienen:

›Die wilden Jahre der Delaneys‹

58 500 Der stolze Falke
58 501 Der Glanz des Goldes
58 502 Silver, das Halbblut
58 503 Russische Nächte
58 504 Flammende Leidenschaft
58 505 Gezähmtes Herz

›Die wilden Frauen der Delaneys‹

58 506 Sydney – die Verführerin
58 507 Adelaide, die Ungezähmte

Die wilden Frauen der Delaneys

Iris Johansen

# MATILDA – DIE ABENTEURERIN

Roman

Ins Deutsche übertragen
von Katharina Braun

BASTEI
LÜBBE

BASTEI-LÜBBE-TASCHENBUCH
Band 58 508

Erste Auflage: März 1991


Published by arrangement with Bantam Books,
a division of Bantam
Doubleday Dell Publishing Group, Inc.
Die Romane der Trilogie ›Die wilden Frauen der Delaneys‹ stammen
aus der amerikanischen Taschenbuchreihe ›Loveswept‹
LOVESWEPT® is a trademark of Bantam Books,
a division of Bantam
Doubleday Dell Publishing Group, Inc.

Deutsche Lizenzausgabe 1991
Bastei-Verlag, Gustav H. Lübbe GmbH & Co., Bergisch Gladbach
Originaltitel: The Delaneys of Killaroo: Matilda, the Adventuress
Lektorat: Katharina Woicke
Titelillustration: José Maria Miralles/Norma Agency, Barcelona
Umschlaggestaltung: Quadro Grafik, Bensberg
Satz: VID Verlags- und Industriedrucke GmbH & Co. KG,
Villingen-Schwenningen
Druck und Verarbeitung:
Brodard & Taupin, La Flèche, Frankreich
Printed in France
ISBN 3-404-58508-9

# Etwas über die Delaney-Familiengeschichte . . .

Bei William Delaneys Geburt, 1855, waren Männer noch Männer und der Westen noch wild. Zwischen Siedlern und Indianern herrschten Feindseligkeiten; nicht so jedoch für die Delaneys. Dafür hatte der alte Shamus gesorgt, indem er rechtzeitig einen seiner Söhne mit der Tochter eines Apachenhäuptlings verheiratete, etwa ein Jahr vor Klein-Williams Geburt, was die Beziehungen zwischen Delaneys und Apachen beträchtlich vereinfachte.

Natürlich übernahm William, wie schon seine Onkel vor ihm, gewisse Gewohnheiten der Indianer. Er veranstaltete gelegentliche ›Überfälle‹ auf friedliche Apachenlager, in deren Verlauf er wild kreischend durch die Reihen der Zelte ritt und versuchte, dabei so viele Krieger wie möglich mit seiner Lanze zu berühren, bis sie ihn aufgebracht nach Killara, dem Heim der Delaneys, zurückjagten.

Hätte der alte Shamus so gehandelt, wie es seiner Natur entsprach, wäre sein Enkel William hart bestraft worden und hätte sicher Shamus' Rute zu spüren bekommen. Aber so war es nicht, denn Shamus hatte längst gemerkt, wie sinnlos es war, William zu bestrafen. Bäume waren rar im südlichen Teil von Arizona, und mehr als ein aus dem Osten mitgebrachter Stock war bereits auf Williams Hinterteil zerbrochen worden.

Williams Vater Desmond, der zweite von Shamus' neun Söhnen, war 1862 im Bürgerkrieg ums Leben gekommen, und seitdem lebte sein Sohn mit Anne, seiner Mutter, seinen Großeltern und verschiedenen Onkeln, Tanten und Vettern zusammen. Hätte Desmond noch gelebt, wäre es ihm vielleicht gelungen, seinen Sohn zur Räson zu bringen, denn William hatte seinen Vater verehrt.

Von den anderen Familienmitgliedern war nur sein Großvater fähig, eine gewisse Kontrolle über den Jungen auszuüben, und auch das war nicht viel. Dabei gab Shamus, der seine Enkel so zärtlich liebte wie seine eigenen Kinder, sich die größte Mühe. Da William den Charme der Delaneys besaß und ihn zu seinem Nutzen anzuwenden wußte, kam schließlich sogar Shamus zu der Überzeugung, daß die wilden Eskapaden des Jungen nichts anders als ein Beweis für sein überschäumendes Temperament sein konnten.

Die Apachen, verständlicherweise erbost über Williams Verhalten, waren anderer Ansicht – und Shamus holte den besten Irischen Whiskey aus dem Keller, um die aufgeregten Gemüter zu besänftigen.

Aber im Laufe der Jahre wurde es immer schwerer, die Folgen von Williams Handlungsweise mit einem freundschaftlichen Drink aus der Welt zu schaffen. William ritt wilde Pferde, war ständig auf der Suche nach ›wilden‹ Frauen und entdeckte das Glücksspiel und den Alkohol zehn Jahre früher, als es bei einem jungen Mann normalerweise der Fall ist.

Im Alter von sechzehn Jahren hatte William die ziemlich gefährliche Kunst entwickelt, im allerletzten Augenblick aus Schlafzimmerfenstern zu springen, einen empörten Ehemann mit geladener Flinte nur einen Schritt hinter sich. William hatte seinen Mustang in weiser Voraussicht so erzogen, daß er genau unter dem entsprechenden Fenster stand, was ihm die Möglichkeit verschaffte, eifersüchtigen Ehemännern in einer Staubwolke zu entkommen, begleitet von lautem Gelächter und dem Klappern von Pferdehufen.

Mit achtzehn hatte William eine beachtliche Anzahl von Frauen in einem Umkreis von zweihundert Meilen ›beglückt‹. In den Saloons wurden bereits Wetten darüber abgeschlosen, daß Williams Stiefel unter dem Bett einer jeden Frau in der Gegend zu finden gewesen waren, ausgenommen jener Frauen, mit denen er verwandt war.

Der alte Shamus war kein Narr, und es war ihm sehr wohl bewußt, was es zu bedeuten hatte, wenn William nach einem wilden Ritt nach Hause kam und nichts als seine Hosen trug. Shamus hätte seinem Enkel verzeihen können, daß er den Don Juan spielte, und es vielleicht sogar mit der lakonischen Bemerkung abgetan, daß die Stiefel, die William unter diversen Betten zurückließ, ausgereicht hätten, seine neun Söhne mit Schuhwerk zu versorgen.

Aber damals waren Männer eben wirklich noch Männer, und der Westen war tatsächlich noch wild. Und – wie vorauszusehen gewesen war – zögerte William eines Nachts zu lange, bevor er das warme Bett verließ. Der eifersüchtige Ehemann war wütend hereingestürmt, kochend vor Zorn und mit einer geladenen Waffe in der Hand. Diesmal verschwendete William keine Zeit mit seinen Hosen, sondern zog statt dessen seine eigene Waffe, und als er endlich den Rückzug durchs Fenster antrat, blieb ein schwerverwundeter Mann zurück.

Nun hätte William seinen Prozeß abwarten können; vielleicht wäre er sogar freigesprochen worden. Aber er war eine Spielernatur und deshalb kannte er den Einsatz: Mindestens die Hälfte der Männer, aus denen sich die Jury zusammensetzte, würden Männer sein, denen er Unrecht getan hatte. Deshalb bestieg er seinen halbwilden Mustang und wandte sich nach Westen.

An materiellen Dingen nahm er nur wenig mit, verließ

sich statt dessen lieber auf sein Glück; aber er ›borgte‹ sich etwas, das zum Familienvermögen der Delaneys gehörte. Wie es oft bei diesen Dingen der Fall ist, war die Halskette nicht viel wert. Sie bestand aus drei Silbermedaillons, jedes davon mit einem Türkis besetzt. Aber vielleicht spielte die Überlegung eine Rolle, daß die Glückszahl seines Großvaters eine drei war; wie dem auch sein mag, jedenfalls war die Kette das einzige, was William mitnahm.

An der Küste traf er Männer, die noch gefährlicher waren als jene, die er hinter sich gelassen hatte. Warme Betten gab es genug, aber auch schußbereite Gewehre und Männer, die kein langes Federlesen machten . . . William, stets bereit, unbekannte Gegenden zu erforschen, wandte sich noch weiter nach Westen und bestieg ein Schiff.

Er landete schließlich – zu seiner eigenen Überraschung – in Australien, wo es ihm so gut gefiel, daß er beschloß, eine Zeitlang zu bleiben. Er arbeitete, wenn es nicht zu verhindern war, und spielte, wenn er konnte, bis er schließlich auf einer Schaffarm anlangte, wo er sich nach einem Blick auf die bildhübsche Tochter des Besitzers bereitwillig anwerben ließ.

Es wurde das Jahr 1877 geschrieben, als William auf der Farm zu arbeiten begann, und er verschwendete keine Zeit, um ein weiteres Paar Stiefel unter einem Bett zu hinterlassen. Aber er hatte nicht mit Matthew Devlin gerechnet, dem ruhigen Mann, dessen einziges Kind Mary war. William trat so unbesorgt und leichtherzig vor den Altar, wie er immer war, und das geladene Gewehr, das seine Schritte lenkte, störte ihn nicht im geringsten.

William blieb eine Weile auf der Farm, lange genug, um seiner jungen Braut von seiner Familie in Arizona zu erzählen und von Killara. Als echter Delaney spann er sich eine phantastische Geschichte über die Verwandten auf der anderen Seite der Welt zurecht und stattete sie mit viel mehr Macht und Reichtum aus, als sie zu jener Zeit besaßen. Dann, typisch William, ließ er seine junge Frau fröhlich im Stich und schiffte sich nach Hause ein, in der Hoffnung auf Vergebung derer, die er zurückließ, und freudigen Empfangs jener, zu denen er auf dem Wege war. Es war ihm dabei nicht bewußt, daß er viel mehr in Australien zurückließ als ein paar Stiefel und eine silberne Halskette.

Tatsächlich wurde William in Killara willkommen geheißen, und er machte die Erfahrung, daß vergangene Sünden, wenn auch nicht vergessen, so doch zumindest als erledigt und unbedeutend betrachtet wurden. So kehrte er also in den Schoß seiner Familie zurück. Die Kleinigkeit, eine Frau in Australiens Hinterland zurückgelassen zu haben, vergaß er zu erwähnen.

Unglücklicherweise hatten Williams Abenteuer ihn keineswegs gelehrt, seine Rücksichtslosigkeit zu bremsen, und daher verlor er keine Zeit, den Leuten in Erinnerung zu bringen, warum er Arizona vor Jahren so überstürzt verlassen hatte. Er nahm seine draufgängerische Lebensweise wieder auf, mit der Zeit wurde es so schlimm mit ihm, daß sogar sein Großvater die Prophezeiung traf, William müsse eines Tages am Galgen enden.

Was leider eintraf.

Mary Delaney war nicht sonderlich überrascht, von William verlassen zu werden; sie hatte ihn geliebt und – erstaunlicherweise – vielleicht sogar verstanden. Ihr war immer bewußt gewesen, daß es leichter gewesen wäre, den Wind an sich zu ketten als William. Sie war eine starke Frau, eine stolze Frau. Daher brachte sie ihren Sohn, Charles, zur Welt und zog ihn allein auf, nachdem ihr Vater gestorben war. Oft erzählte sie Charles von Killara und den Delaneys aus Arizona. Diese Geschichte und die Halskette waren das einzige, was William seinem Sohn hinterlassen hatte.

Charles wiederum heiratete und wurde Vater eines Sohns, dem auch er von Killara erzählte – all das, was William sich einmal zusammengesponnen hatte, und noch sehr viel mehr, was mit der Zeit zu der Erzählung hinzugekommen war.

Wie viele Familien besaß auch der australische Zweig des Delaneyclans ein Geheimnis, mit dem er prahlen konnte, und dafür war Williams Sohn, Charles, verantwortlich. Irgendwann in seinem jungen Leben hatte er in einer Mine nach Edelsteinen geschürft und war, ganz kurz nach der Geburt seines Sohnes, wegen eines phantastischen Edelsteins, den er angeblich gefunden hatte, ermordet worden. Seine Mörder wurden nie gefunden und der Stein, falls er je existiert hatte, blieb verschwunden.

Als Spencer Delaney, Williams Urenkel, 1935 geboren wurde, war Killara zu einer Legende geworden; die Technik ermöglichte inzwischen eine weltweite Nachrichtenübertragung, und Fakten erhärteten nun die Legende, die von Generation zu Generation weitergegeben worden war.

Da Stolz zu den ausgeprägtesten Charakterzügen der Delaneys gehörte, verzichtete Spencer darauf, sich an seine reichen amerikanischen Verwandten zu wenden, als er sich in finanziellen Schwierigkeiten befand. Statt dessen verkaufte er einen Großteil der Farm an einen Nachbarn, bestand jedoch auf einer Option, die ihm zwei Monate Zeit einräumte, um das Land zurückzukaufen, falls es je zum Wiederverkauf angeboten werden sollte.

Killaroo, wie Mary die Farm umbenannt hatte, war nicht groß, und daher löste der Verkauf des Landes die finanziellen Probleme der Familie nur vorübergehend. Spencer, dem zu spät bewußt geworden war, was er aufgegeben hatte, arbeitete Tag und Nacht, um eines Tages die Möglichkeit zu haben, das verkaufte Land zurückzugewinnen. Die Jahre vergingen, und es wurde fast zu einer fixen Idee bei ihm. Er erlitt zwei Herzanfälle, was ihn trotz der Warnungen seiner Ärzte, ein dritter Anfall könne seinen Tod bedeuten, nicht daran hinderte, wie ein Besessener weiterzuschuften.

Da es bei den Delaneys üblich war, männliche Kinder zu zeugen, war es etwas überraschend, daß Spencer drei Töchter hatte. Und selbst, wenn er das Fehlen eines Sohnes bedauerte, liebte er seine Mädchen zärtlich und wünschte sich nur das Beste für sie. Auch Sydney, Matilda und Adelaide wünschten nichts sehnlicher, als ihren Vater gesund und sorgenfrei zu sehen.

Deshalb – als das Land zum Wiederverkauf angeboten wurde – beschlossen die Mädchen, den phantastischen Kaufpreis aufzubringen. Es war ihnen bekannt, daß sie reiche amerikanische Cousins besaßen, aber es wäre ihnen nie in den Sinn gekommen, Fremde um Hilfe zu bitten.

Jedes der Mädchen hatte einen Plan. Jedes besaß ein ganz bestimmtes Talent oder die Möglichkeit, rasch an Geld zu kommen. Und alle drei waren, wie nie zuvor in ihrem Leben, von dem Wunsch beherrscht, ein ganz bestimmtes Ziel zu erreichen. Sie kämpften um ihr Geburtsrecht, um ihr Erbe, aber vor allem kämpften sie um das Leben ihres Vaters.

Zwei Monate hatten sie zur Verfügung. Sechzig Tage, um das Unmögliche möglich zu machen. Und falls sie wußten, daß es unmöglich war, hatte es keine Bedeutung für sie. Sie waren Delaneys, und ihnen war anerzogen worden, daß selbst der unmöglichste Weg Schritt für Schritt zu überwinden war.

Und so fingen sie an.

# Prolog

Ihr Vater war nicht mehr jung.

Die Einsicht löste einen merkwürdigen Schock in Manda aus. Sie hatte nie darüber nachgedacht, daß Spencer Delaney einmal alt werden könnte. Er war für sie immer wie das Land gewesen, das er so liebte – unvergänglich, zäh und stark genug, jede Niederlage in einen Sieg zu verwandeln. Doch der Mann, den sie nun auf dem Hof der Farm über den alten Traktor gebeugt sah, war weder stark noch unvergänglich. Sein Haar, das früher die Farbe von rotem Ton gehabt hatte, war fast ganz ergraut, und er war sehr dünn, viel zu dünn. Sein Arm, der auf dem Sitz des Traktors lehnte, war nicht gebräunt wie früher, sondern blaß und mit dicken blauen Adern überzogen.

Er sollte nicht dort draußen sein und arbeiten, dachte Manda besorgt. Sie hatten alle versucht, ihn davon abzuhalten, aber er wollte nicht auf sie hören. Eine aus Verzweiflung geborene, fieberhafte Rastlosigkeit schien ihn ergriffen zu haben. Von fiebernden Männern war keine Vernunft zu erwarten.

»Wir sind uns also einig?« fragte Sydney.

Manda wandte sich vom Fenster ab, zu Sydney und Addie, die ihr an dem runden Eichentisch gegenübersaßen. Ich darf ihn nicht ansehen, dachte sie. Sie wollte ihren Vater nicht alt und krank sehen. Für sie sollte es der starke, fröhliche Mensch bleiben, den sie als Kind gekannt hatte.

»Genau. Wir müssen unsere individuellen Pläne ausführen, aber wenn eine von uns Hilfe braucht, sind die anderen beiden zur Stelle. Vergeßt nicht, daß es sich um ein gemeinsames Projekt handelt. Wir müssen *alle* Erfolg haben.«

Addie nickte zustimmend. »Aber was wird mit Dad? Er darf nichts davon erfahren. Was wir vorhaben, ist nicht ungefährlich, und er würde sich nur Sorgen machen, wenn er etwas davon wüßte.« Sie verzog das Gesicht. »Ihr beide habt es etwas leichter als ich. Von meinen Aktivitäten wird er auf jeden Fall erfahren.«

Sie hatte recht. Die zu erwartenden Zeitungsartikel bereiteten Addie schon lange Kopfschmerzen. Manda warf ihr einen mitleidigen Blick zu. Sie konnte sich vorstellen, wie sehr Addie es hassen würde, im Mittelpunkt der Aufmerksamkeit des gesamten Landes zu stehen.

»Tut, was ihr könnt«, riet Sydney. »Und wenn eine von euch Hilfe braucht, ruft sofort an.«

Oberflächlich betrachtet, wirkte Sydney kühl und gelassen wie immer, nur ihre schmalen Hände verrieten die innere Spannung, die sie beherrschte. Manda musterte sie verstimmt, aber es lag auch Zuneigung in ihrem Blick. Wie immer versuchte Sydney auch diesmal, die ältere Schwester zu spielen und sie alle zu beruhigen.

»Ich werde ständig unterwegs sein, aber ich schaue öfter mal bei Dad herein«, versprach Addie. »Da ich nicht weit entfernt sein werde, passe ich ein bißchen auf ihn auf.«

»Gut.« Sydney nickte. »Gib uns sofort Bescheid, falls sich sein Zustand verschlechtert.«

Mandas leiser Ärger auf ihre Schwester verflog wie Nebel in der Morgensonne. Am liebsten wäre sie aufgesprungen und hätte Sydney stürmisch umarmt. Sie wußte, daß sich ein liebevoller Charakter hinter Sydneys kühler Fassade verbarg und sie sich bei der geringsten Geste der Zuneigung öffnete wie eine Knospe im warmen Frühlingsregen. *Aber es ist besser, Sydney jetzt in Ruhe zu lassen,* dachte Manda seufzend. *Sie braucht die schützende Wand, die sie um sich errichtet hat.*

»Ich habe wahnsinnige Angst«, sagte Manda leise. »Was wird, wenn wir versagen?«

Addie und Sydney schauten sie verblüfft an. Du liebe Güte, dachte Manda, glauben sie etwa, ich würde mir nie Sorgen machen oder Angst haben? Es stimmte zwar, daß sie sonst zu impulsivem Handeln neigte und erst später nachdachte, aber in diesem Fall war es etwas ganz anderes.

Die Schwarze Flamme. Der fünfundvierzigkarätige schwarze Opal war der Stoff, aus dem Träume gemacht sind. Aber wer wußte schon mit Sicherheit, ob er überhaupt existierte? Es mochte nur eine Legende sein, was seit Generationen in der Familie darüber erzählt wurde. Vielleicht war es nichts als Prahlerei gewesen, als Charles Delaney seiner Frau Mignon schrieb, er habe einen enorm großen Opal gefunden und ihn wieder versteckt, um ihn vor den Banditen zu retten, die damals Deadman's Ridge unsicher machten. Und falls er ihn tatsächlich gefunden hatte, was gab ihr, Manda, die Sicherheit, sein Versteck aufspüren – nach achtzig Jahren, in denen das Juwel unentdeckt geblieben war?

»Ich habe auch Angst«, gab Addie leise zu.

Manda lächelte sie dankbar an. Im Grunde bezweifelte sie, daß Addie wirklich Angst hatte. Anscheinend wollte sie Manda nur beruhigen, indem sie sich ins gleiche Boot mit ihr setzte. Addies Blick verriet ruhige Entschlossenheit.

»Das geht uns allen so«, meinte Sydney. Sie nahm die Hände ihrer Schwestern und drückte sie fest. »Aber wir werden nicht versagen – weil wir es uns nicht leisten können.« Sie lächelte. »Diesmal handelt es sich nicht um einen von Mandas Ausflügen an die See. Dieser Traum muß sich verwirklichen.«

Manda atmete auf. Worüber machte sie sich eigentlich Sorgen? Zusammen waren sie – Addie, Sydney und sie selbst – eine unschlagbare Kombination. Sie brauchten jetzt nur noch jede ihren Kurs zu bestimmen und mit voller Kraft voranzusegeln.

Der Vergleich veranlaßte sie zu einem Lächeln. Trotz Sydneys herablassender Bemerkung über Mandas Ausflüge ans Meer war jene Reise damals kein Reinfall gewesen. Manda war überzeugt, daß sie es auch allein geschafft hätten, wenn niemand sie gefunden hätte.

Und nun bekamen sie zum zweitenmal Gelegenheit, zu einer gemeinsamen Odysee aufzubrechen. Diesmal würde und konnte sie niemand davon abhalten!

# 1

»Es hat keinen Zweck, Jacto.« Manda zog ein blaukariertes Tuch aus der Gesäßtasche ihrer abgeschnittenen Jeans und wischte sich den Schweiß von der Stirn. »Im ersten Stollen gibt es keinen Platz, wo der alte Charlie seinen Schatz hätte verstecken können. Ich habe überall nachgesehen und nichts als Staub, verrostetes Werkzeug und Schutt entdeckt.«

Jacto reichte ihr einen Becher Tee. Sein hageres schwarzes Gesicht war ausdruckslos wie immer. »Du wirst also morgen einen anderen untersuchen«, bemerkte er ruhig. »Du sagtest, es gäbe insgesamt vier Tunnel in der Mine. In einem von ihnen wirst du den Stein finden.«

Manda hockte sich im Schneidersitz vor das Lagerfeuer und nahm den Becher zwischen beide Hände. »Aber wird es auch rechtzeitig genug sein? Ich habe schon drei Tage in dem verflixten Stollen vergeudet und noch immer keinen Hinweis gefunden, wo Charlie den Opal versteckt haben könnte. Und der erste ist der kürzeste Gang der Mine.«

Seufzend schaute sie sich in der öden, trostlosen Umgebung um. Das weitläufige Opalfeld war mit mindestens hundert Mineneingängen übersät, die Manda an Mondkrater erinnerten. »Wir haben Glück, daß das Feld verlassen ist, sonst würden wir mächtigen Ärger kriegen. Kannst du dir vorstellen, daß plötzlich jemand auftaucht, der Charlies Schürfrechte gekauft hat, und ich ihn fragen müßte, ob ich bitte seine Mine durchsuchen darf?« Sie verzog das Gesicht. »Er würde mir eine Kugel durch den Kopf jagen. In Coober Pedy haben sie Dobermänner und bewaffnete Wächter zum Schutz der Minen.«

Jacto wartete. Es kam selten vor, daß Manda Delaney entmutigt war, und daher wußte er, daß diese Stimmung nicht lange anhalten konnte. Er brauchte nur zu schweigen, dann kam ihr sonniges Gemüt sehr schnell wieder zum Vorschein.

Sie trank einen Schluck Tee. »Nun ja, ich habe immerhin noch vier Wochen. Das ist eine lange Zeit.«

»Trotzdem scheinst du sie noch weiter ausdehnen zu wollen«, bemerkte Jacto trocken. »In den letzten drei Nächten hast du kaum geschlafen.«

»Ich brauche nicht viel Schlaf. Vier Stunden reichen mir. Es ist sowieso zu heiß zum Schlafen.«

Jacto nickte. »Über vierzig Grad. In der Mine wird die Temperatur noch um einiges höher sein.«

»Das kann man wohl sagen.« Manda hob ihr schulterlanges Haar und wischte ihren Nacken ab. Die Luft stand, es bewegte sich keine Brise, aber draußen war die Hitze erträglicher als in der Mine. Ich hätte mir einen Zopf flechten sollen, dachte sie, als ich mir nachmittags das Haar gewaschen habe. Aber es tat gut, es frei und locker auf den Schultern zu fühlen nach den letzten drei Tagen in der Mine. Wie schön die Wüstennacht war, mit ihrer endlosen Weite und dem sternenklaren Himmel! »Manchmal ist der Staub dort drinnen so dicht, daß ich kaum atmen kann.«

Jacto schaute Manda nicht an. »Du könntest aufgeben. Schließlich bist du nur eine Frau. Niemand kann von dir erwarten, derartige Unbequemlichkeiten auf dich zu nehmen.«

Manda hob den Kopf wie ein Rennpferd beim Startschuß. »Was soll das heißen, ich bin nur eine . . .« Sie brach ab und begann zu lachen. »Ich muß noch müder sein, als ich dachte, fast hätte ich den Köder angebissen. Du bist ein boshafter alter Mann, Jacto.« Sie trank noch einen Schluck Tee. »Und ich eine Närrin, wenn ich schon zornig werde, kaum daß meine Suche begonnen hat.«

Ein schwaches Lächeln spielte um die Lippen des Ureinwohners. »Darüber maße ich mir kein Urteil an.«

Manda schüttelte den Kopf. Ihre bernsteinfarbenen Augen sprühten wieder vor Humor und Vitalität. »Mit Worten nicht, das stimmt. Aber dafür sitzt du da mit deiner ausdruckslosen Miene und schaust zu, wie ich mich selbst überrede, das zu tun, was du für richtig hältst.«

»Was *du* für richtig hältst«, berichtigte er sie milde. »Dein Schatz hat keinen Wert für mich. Aber ich finde es interessant, dich beim Suchen zu beobachten. Gewöhnlich bist du nicht so entschlossen.«

Er merkte sofort, daß er das falsche Wort benutzt hatte. Manda zeigte Entschlossenheit bei allem, was sie anfaßte. Aber dieser Entschlosenheit haftete im allgemeinen eine freudige Erregung an, als wäre die Beschäftigung an sich schon so aufregend wie das angestrebte Ziel. Diesmal jedoch war es anders. Manda liebte ihre Familie sehr, trotz ihrer Abenteuerlust, und Jacto hätte wissen müssen, daß Manda die Probleme ihres Vaters nicht auf die leichte Schulter nahm. Nein, *verzweifelt* wäre eher das richtige Wort für ihre fieberhafte Aktivität gewesen.

»Ich habe Angst«, sagte sie mit kindlicher Aufrichtigkeit. »Es war mir noch nie etwas so wichtig wie diese Aufgabe. Dad hat mir stets gegeben, was ich brauchte – Liebe, Sicherheit, Verständnis. Alles. Bisher hat er nie etwas von *mir* gebraucht, und jetzt benötigt er etwas, von dem ich befürchte, daß ich es ihm nicht geben kann.«

Sie schüttelte den Kopf. »Weißt du, es fällt mir schwer, zu begreifen, wie man an materiellen Dingen hängen kann – an Land, Häusern und so weiter. Menschen sind wichtig, ja, aber . . . Ich verstehe es einfach nicht. Es gibt soviel Schönes auf der Welt, so viele wundervolle Orte, an die man reisen kann. Warum sollte man sich da an Besitz klammern? Vielleicht sind die Dinge, die man unterwegs entdeckt, noch viel besser als das, was man im Moment besitzt.«

»Dein Vater denkt aber anders als du.«

»Nein.« Sie zog die Knie an, legte das Kinn darauf und starrte sinnend ins Feuer. »Er liebt Killaroo. Es hätte ihn fast zerstört, als er das Land verlor.« Sie schwieg einen Moment. »Früher hing er nicht so sehr daran, Jacto. Bevor er meine Mutter heiratete, hat er ganz Australien durchreist, von Tasmanien bis Queensland und West-Australien. Er erzählte mir solch wunderbare Geschichten über seine Reisen, als ich ein kleines Mädchen war . . .« Sie runzelte die Stirn. »Er hat sich verändert.«

»Die Menschen verändern sich.«

»Warum?« flüsterte sie. »Er war so glücklich. Du hättest sein Gesicht sehen sollen, als er mir über die Wildwasserfahrt den Murray River hinunter erzählte! Er strahlte geradezu vor Glück. Weißt du, was ich meine?«

Jacto wußte sehr gut, was sie meinte. Er hatte bei unzähligen Gelegenheiten das gleiche Strahlen in Mandas Augen gesehen. »Ja.«

»Ich veränderte mich nicht. Du auch nicht, Jacto. Ich begreife nicht, warum die anderen sich verändern müssen.«

»Eines Tages wirst du es vielleicht verstehen.«

»Ich weiß nicht, ob ich das will. Ich will nicht von Besitzdenken besessen sein wie mein Vater.« Sie straffte die Schultern, als ruhte ein schweres Gewicht darauf.

»Ich möchte das Leben genießen.« Dann erhellte ein Lächeln ihr ernstes Gesicht. »Wir beide genießen es, Jacto, nicht wahr?«

»Ja.«

»Du bist heute abend gesprächig wie ein Affenbrotbaum.«

»Woher willst du wissen, daß ein Affenbrotbaum sich nicht mitteilen kann? Auch er besitzt eine Seele und einen Geist. Vielleicht hast du nie gehört, was er dir zu sagen hat.«

»Was soll das heißen, Jacto? Entschuldige, aber ich bin zu müde, um deine rätselhaften Bemerkungen zu verstehen.« Sie unterdrückte ein Gähnen. »Ich glaube, ich schlafe bis zur Morgendämmerung. Ich denke schon mit Schrecken an den zweiten Stollen, den ich morgen in Angriff nehmen muß. Ein paar mächtige Stämme blokkieren den Eingang.«

»Ich entferne sie, während du schläfst.«

Manda schüttelte den Kopf. »Warte, bis ich aufstehe. Sie sind zu schwer für eine Person allein. Du tust ohnehin zuviel für mich. Als ich dich bat, mich zu begleiten, wollte ich deine Gesellschaft und nicht deine Arbeitskraft. Es ist meine Arbeit, Jacto.« Der Feuerschein brach sich in ihrem dichten, glänzenden Haar. »Selbst wenn ich *nur eine Frau* bin, schaffe ich es alleine.«

»Ich werde über deine Worte nachdenken.«

»Komm mir jetzt nicht mit deinen unverbindlichen Antworten! Ich weiß verdammt gut, daß du darüber nachdenken wirst und dann trotzdem tust, was du willst. Gib mir dein Wort darauf, daß du . . .« Sie brach ab. »Was ist das denn?«

Jacto folgte ihrem Blick. »Lichter«, meinte er nüchtern.

»Ich weiß, daß es Lichter sind«, entgegnete Manda ungeduldig. »Ich habe schließlich Augen im Kopf.« Sie stellte ihren Becher ab und sprang neugierig auf. »Du liebe Güte, das scheint ja eine ganze Karawane zu sein! Es sind mindestens ein Dutzend Autos und Lastwagen, die in unsere Richtung kommen. Was machen sie hier draußen in der Wildnis, mitten in der Nacht?«

»Daß es mitten in der Nacht ist, hat nichts zu bedeuten. Viele Leute arbeiten und reisen nachts, weil es tagsüber zu heiß ist. Im übrigen werden wir es schon bald herausfinden, denn diese Straße führt nur nach Deadman's Ridge.«

»Jacto, wie kannst du nur so ruhig bleiben?«

»Manda, wie kannst du dich nur so aufregen?«

»Ich gehe ihnen entgegen.« Damit lief sie bereits auf die mehrere hundert Meter entfernte Straße zu.

»Sei vorsichtig . . .« Er brach ab. Es wäre sinnlos gewesen, Manda zu warnen. Sie hätte doch nicht auf ihn gehört. Etwas Neues war am Horizont erschienen, und Manda schon auf dem Weg, es zu erkunden.

Jacto bückte sich und zog sein Jagdmesser unter seinem Schlafsack hervor. Dann stand er mit einer mühelosen, fließenden Bewegung auf und ging Manda langsam nach.

»Konntest du dir keinen besseren Drehort aussuchen als diese Einöde?« meinte Brent Penrose kopfschüttelnd, während er das flache braune Wüstenland betrachtete, das sie umgab. Es entbehrte jeglicher Vegetation, abgesehen von irgendwelchen weizenfarbenen Büschen, die der Trockenheit zu trotzen schienen. »Ich warne dich, Roman. Es existiert eine Klausel in meinem Vertrag, nach der du zur Verantwortung gezogen werden wirst, falls wir irgendwo am Rand der Welt abstürzen.«

Es zuckte um Roman Gallaghers Lippen, als er den

Mann ansah, der neben ihm in dem offenen Jeep saß. »Komisch, daß meine Anwälte mich nicht darauf aufmerksam gemacht haben.«

»Es steht bei dem Kleingedruckten.« Brent hustete kurz. »Eine andere Klausel bezieht sich auf Ersticken durch Einfluß von Staub. Du hättest Gasmasken verteilen sollen, bevor wir diese Safari in die Hölle begannen.«

»Beim nächsten Mal werde ich daran denken«, versicherte Roman spöttisch. »Ich vergaß, wie empfindlich ihr Hollywoodleute seid. Laß sehen – in deinem letzten Film bist du eine steile Klippe hinaufgeklettert, von Bord eines Ozeandampfers gesprungen und . . .«

»Das war mein Double. Meinst du, für derartigen Unsinn riskierte ich meinen kostbaren Hals?«

»Ja.« Romans dunkle Augen verengten sich zu einem scharfen Blick. »Du führst deine Stunts alle selber aus. Und du arbeitest sogar ab und zu als Double für andere Schauspieler, um dir einen Auftritt in Eugene O'Neills oder Tennessee Williams Stücken erlauben zu können. Als du zu mir kamst und um die Rolle batest, wußte ich sehr gut, wer und was du bist. Ich schaue selbst geschenkten Pferden ins Maul, Brent.«

Brent pfiff leise durch die Zähne. »Das hatte ich schon gehört, aber daß du so gründlich bist, hätte ich nun doch nicht gedacht.«

Er hatte noch eine ganze Menge mehr über Roman Gallagher gehört. Angeblich war er ein Arbeitssüchtiger, der von seinem Team erwartete, seinem Beispiel zu folgen oder sich bei einem anderen Regisseur zu bewerben. Roman besaß den Ruf, zynisch und störrisch zu sein, die Presse wie die Pest zu hassen und die Werbeabteilung seines Studios mit schöner Regelmäßigkeit zur Verzweiflung zu treiben.

Was seine Pluspunkte betraf, so war er ein brillanter

Regisseur, vielleicht der beste seit Jahrzehnten, absolut professionell und imstande, selbst mittelmäßigste Schauspieler zu oscarreifen Leistungen anzutreiben.

»Entschuldige«, sagte Brent müde. »Manchmal weiß ich selbst nicht mehr zu unterscheiden, was Wahrheit ist oder Erfindung der Presse.«

Roman lachte grimmig. »In Deadman's Ridge brauchst du dir keine Sorgen um die Presse zu machen. Kein Reporter hat Zutritt zu meinen Drehorten.«

»Deadman's Ridge«, wiederholte Brent amüsiert. »Klingt interessant, aber eigentlich mehr wie die Szenerie für einen Horrorfilm statt für ein historisches Drama.«

»Ende des vergangenen Jahrhunderts haben sich eine Menge Horrorstories in dieser Gegend abgespielt. Nur das Opalfeld am Lightning Ridge besitzt eine noch gewalttätigere Geschichte. Geldgier, Mord und der ständige Kampf gegen die Elemente – wer könnte bessere Zutaten für einen Hollywoodfilm verlangen?«

»Willst du einen weiteren Preis beim Filmfestival gewinnen?« erkundigte sich Brent grinsend. »Ich hoffe nur, daß du den ersten bekommst, weil ich mit einem Netz hinter dir stehen und alles auffangen werde, was du wegwirfst.«

»Die Sorge um die Preise überlasse ich dir«, entgegnete Roman. »Ich habe genug damit zu tun, einen anständigen Film zu drehen.« Roman war verblüfft gewesen, sein letztes Werk *Fulfillment* mit der höchsten Auszeichnung der vorjährigen Filmfestspiele prämiert zu sehen. Aber er machte sich nichts vor. Die Auszeichnung bedeutete noch lange nicht, daß der Film besser war als jener, den er im Jahr davor gedreht hatte. Erfolg oder Niederlage eines Films hingen ausschließlich von der Studiopolitik ab und wie der Film beim Publikum ankam. Roman hatte schon vor langer Zeit gelernt, sich lieber auf seine persönliche Kreativität zu verlassen.

»*The Ridge*« wird ein verdammt guter Film werden, Brent. Darauf kannst du dich verlassen.«

»Ich weiß«, erwiderte Brent schlicht. Dann lachte er verschmitzt. »Selbst wenn es bedeutet, auf Wein, Weib und Gesang zu verzichten.« Er veränderte seine Stellung auf dem harten Sitz. »Mein Allerwertester schläft mir ein. Wie weit ist es noch bis zu diesem Paradies der Inspiration, das für die nächsten Wochen unser Zuhause werden soll? Hat dir niemand gesagt, daß einem Star ein Rolls Royce zusteht, statt sich in einem Jeep die Knochen durchschütteln lassen zu müssen?«

»Wir sind auf dem Anstieg nach Deadman's Ridge. Bei unserer ersten Erforschung des Terrains haben wir den idealen Platz für die Anhänger und die Ausrüstung am östlichen Kamm gefunden. Das Opalfeld selbst beginnt gleich hinter der nächsten Biegung.«

»Ich kann es kaum noch erwarten. Ich wollte schon immer mal um drei Uhr morgens ein verlassenes Opalfeld . . .«

»Was zum Teufel . . . da steht eine Frau, mitten auf der Straße!« Roman trat hart auf die Bremse. Der Jeep schleuderte und rutschte an den Straßenrand. Roman hörte des Quietschen der Bremsen der langen Kolonne von Fahrzeugen hinter ihm, gefolgt von den wütenden Flüchen der Fahrer.

»Den morgigen Drehtag kannst du abschreiben.« Brent berührte vorsichtig die Beule an seiner Stirn, die er sich beim Zusammenprall mit dem Armaturenbrett des Jeeps zugezogen hatte. »Es sei denn, du wolltest eine Prügelei in einer Bar einschieben. Mein schönes Profil wird morgen von einem wunderschönen blauen Fleck verunstaltet sein.«

»Ich habe dir gesagt, du sollst dich anschnallen«, sagte Roman gereizt, während er seinen eigenen Gurt löste und ausstieg.

»Wer rechnet schon mitten in der Wüste mit einem Unfall?« murmelte Brent verdrossen. »Du warst doch auch überrascht.«

»Alles in Ordnung?«

Die atemlose Frage kam von der Frau, die zum Jeep hinübergelaufen war, nachdem er zum Stehen gekommen war. Ihr zimtfarbenes Haar schimmerte im Scheinwerferlicht wie Gold. Roman war für einen Moment fasziniert von dieser so seltenen Haarfarbe. Dann fuhr er Manda an: »Was haben Sie sich dabei gedacht? Beinahe hätte ich Sie überfahren!«

»Oh, das tut mir wirklich leid. Ich wußte nicht, daß Sie so schnell waren. Ich wollte nur . . .« Ihre Augen wurden groß vor Erstaunen. »Sie sind Roman Gallagher! Das ist ja wunderbar. Ich wollte Sie schon immer kennenlernen.«

»Ja.« Um Himmels willen, dachte er, bloß nicht schon wieder ein Möchtegern-Starlet! Er war allergisch gegen Schauspielerinnen, die sich ihm in den Weg drängten, um eine Rolle in einem seiner Filme zu bekommen.

Bei dem Vergleich mußte er unwillkürlich lächeln. Diese Frau hier war nicht nur einfallsreicher als die meisten anderen gewesen, sondern auch viel mutiger in der Verfolgung ihrer Ziele. Nicht jede Schauspielerin ging so weit, sich vor einen fahrenden Jeep zu werfen, um eine zufällige Begegnung mitten in der Wüste zu simulieren. Sie mußte die Szene bis ins letzte Detail geplant haben.

Ihre an den Oberschenkeln abgeschnittenen Jeans waren von der Sonne verblichen und ziemlich schmutzig, nicht anders ihre weißen Tennisschuhe. Ihr ärmelloses weißes T-Shirt war durchgeschwitzt und klebte an ihren Brüsten. Romans Blick verweilte dort unwillkürlich, und zu seinem Erstaunen spürte er einen heftigen Druck in seiner Leistengegend.

Er begriff es nicht. Sie war nicht einmal sexy, diese Frau. Und doch war seine Reaktion auf sie unmißverständlich. Eine Spur von Ärger erwachte in ihm.

Als sie lächelte, schnappte er unwillkürlich nach Luft. Ihr Lächeln strahlte eine Wärme aus . . . Lieber Himmel, es ließ ihr Gesicht erstrahlen wie das Kreuz des Südens den nächtlich schwarzen Himmel!

»Ich bewundere Ihre Filme«, sagte sie. »*Fulfillment* war phantastisch, aber ich habe auch alle Ihre Dokumentarfilme gesehen. Am meisten hat mir der über das Barrier-Riff gefallen.«

Roman versuchte, seine Überraschung zu verbergen. Sie hatte ihren Plan wirklich ausgezeichnet vorbereitet. Er hatte seit sieben Jahren keinen Dokumentarfilm mehr gedreht, und zu jener Zeit war sein Publikum noch relativ klein gewesen. »Danke. Es hat mir sehr viel Spaß gemacht, das Riff zu filmen, obwohl es ein Thema ist, das schon viele andere Regisseure aufgegriffen hatten.«

»Aber nicht, wie Sie es gemacht haben. Die Unterwasserszenen waren . . .« Eifrig trat sie einen Schritt näher, und jetzt sah Roman im Licht der Scheinwerfer ihre bernsteinfarbenen Augen. Sie schauten ihn an, wurden plötzlich groß vor Überraschung, und sie vergaß, was sie hatte sagen wollen. Sie lachte unsicher und schüttelte den Kopf. »Es gibt keine Worte, um diesen Film zu beschreiben. Ich wäre am liebsten ins nächste Schiff gestiegen und zum Riff gefahren.«

»Es wundert mich, daß du es nicht getan hast.«

Manda drehte sich erstaunt zu dem Mann um, der aus dem Lastwagen hinter dem Jeep gestiegen war. Sie blinzelte in der Dunkelheit, während sie versuchte, das Gesicht zu erkennen, das zu der vertrauten Stimme gehörte. »Dennis?« Dann, als der Mann ins Scheinwerferlicht trat, waren sein mit grauen Strähnen durchzogenes sandfarbenes Haar und seine markanten Züge deutlich zu erkennen. Manda ging auf ihn zu und warf ihm stürmisch die Arme um den Hals. »Dennis Billett, was machst du denn hier?«

»Das könnte ich dich auch fragen.« Seine haselnußbraunen Augen zwinkerten sie an. »Aber es wundert mich schon lange nicht mehr, dich an den unmöglichsten Orten zu treffen. Ich weiß, daß du früher oder später auftauchen wirst, sobald irgendwo Aufregung oder Gefahr zu erwarten ist.«

»Ich unterbreche die Begegnung nur ungern, aber wir müssen die Kameras für die Außenaufnahmen aufbauen«, bemerkte Roman scharf. Aus irgendeinem ihm völlig unerklärlichen Grund störte es ihn, das Mädchen in Billetts Armen zu sehen. »Du kennst diese Frau, Dennis?«

Er nickte. »Schon sehr lange.« Er legte kameradschaftlich den Arm um Mandas Hüfte. »Manda Delaney, das ist mein Boß, Roman Gallagher.«

Manda runzelte die Stirn. »Kameras? Sie wollen hier einen Film drehen? Aber das geht doch nicht!«

»Ich habe eine ganze Schreibtischschublade voller Papiere in Sydney, die das Gegenteil beweisen«, gab Roman trocken zurück. »Oder besitzen Sie Anspruch auf dieses Land?«

»Nein.« Manda fuhr mit der Hand durch ihr Haar. »Ich habe versucht, einen Titel für die Parzelle zu bekommen, aber mir wurde gesagt, die ganze Umgebung sei bereits verpachtet. Ich hielt es für einen Irrtum. Es kommt niemand mehr nach Deadman's Ridge. Seit fünfundzwanzig Jahren sind keine Opalfunde mehr registriert worden.«

»Deshalb hatte ich auch keine Schwierigkeiten, einen dreimonatigen Pachtvertrag auf das Ridge abzuschließen.«

»Drei Monate wollen Sie hierbleiben?« Mandas Enttäuschung war unverkennbar. »Können Sie nicht woanders filmen? Ich weiß, ich habe keine offizielle Erlaubnis, aber ich war zuerst hier, und meine Arbeit ist von größter Bedeutung.«

Roman starrte sie fassungslos an. »Ist Ihnen bewußt, wieviel Geld ich verlieren würde, wenn ich mich nach einem anderen Ort für Außenaufnahmen umschaute?«

Manda verzog das Gesicht. »Es kommt also nicht in Frage?«

»Nein.« Er musterte sie aus schmalen Augen. »Gehe ich richtig in der Annahme, daß Sie keine Schauspielerin sind?«

»Schauspielerin? *Ich?*« fragte Manda verblüfft. »Wie kommen Sie denn darauf?«

Er versteifte sich. »Was machen Sie hier? Oder sind Sie vielleicht Reporterin?«

»Was soll die Fragerei? Wollen Sie ein Quiz veranstalten?«

Romans Lippen zuckten. »Ich weiß, daß ihr es für das Vorrecht der Presse haltet, die Fragen zu stellen, aber Sie hätten sich besser über mich informieren sollen, bevor Sie auf meinem Land erschienen. Und ich hatte mir eingebildet, Geiern wie Ihnen entkommen zu sein!«

»Ich bin keine Reporterin.«

»Was haben Sie dann hier zu suchen, Miss Delaney?«

»Manda.« Sie lächelte, und wieder spürte er, welche Wirkung sie auf ihn ausübte. »Ich fürchte, was ich hier tue, ist privater Natur. Aber ich versichere Ihnen, daß es äußerst wichtig ist. Ich verspreche Ihnen, Sie nicht zu stören, wenn Sie mir gestatten, zu bleiben.« Ihre Stimme wurde leiser, beinahe flehend. »Ich weiß, daß Sie es verstehen werden.«

Dennis Billett lachte schallend. »Manda, du hast dich nicht verändert! Paß auf, Roman, gleich überredet sie dich noch, ihr deinen Wohnwagen abzutreten!«

Sie hatte schon fast erreicht, was sie wollte, stellte Roman bei Dennis' belustigtem Einwand wütend fest. »Ich kann Ihnen nicht helfen«, erwiderte er nun kalt. »Es gehört zu meinen eisernen Regeln. Außenseitern den Zugang zum Drehort zu verwehren.«

Damit stieg Roman in den Jeep zurück und ließ den Motor an. Er sah, daß Dennis' Arm noch immer um die Hüfte der Frau lag, und ärgerte sich über die offensichtliche Vertrautheit seines Piloten mit Manda Delaney. Das Mädchen war sehr charmant, und es schien gewohnt zu sein, seinen Willen bei Männern durchzusetzen.

Aber nicht bei mir, dachte er grimmig. Sie würde noch früh genug herausfinden, daß er immun gegen weiblichen Charme war. »Ich gebe Ihnen einen Tag Zeit, um zu packen und mein Land zu verlassen«, sagte er schroff.

»Aber verstehen Sie denn nicht . . .? Ich kann nicht . . .« Der Rest ihrer Worte ging im Aufheulen des Motors unter. »Ich *muß* hierbleiben. Ich habe Gründe . . .«

Der Jeep machte einen Satz nach vorn, als Roman den Fuß auf den Gashebel preßte. Sekunden später war er schon ein ganzes Stück entfernt.

»Du warst nicht sehr höflich«, meinte Brent gedehnt. »Du hast mich nicht vorgestellt, und irgendwie hatte ich den Eindruck, als hätte die junge Dame dich verärgert. Schade. Es wäre nett gewesen, sie in der Nähe zu haben. Du hättest ruhig an mich denken können, Roman. Du schleppst mich in die Wildnis hinaus, mit einem Team, das ausschließlich aus Männern besteht, und dann schickst du die einzige attraktive Frau fort, die meilenweit zu finden ist. Wie kannst du bloß so rücksichtslos sein?«

»Du wirst es schon überleben. Außerdem war sie gar nicht so hübsch.«

»Findest du? Mir hat sie sehr gefallen. Ich habe unkonventionelle Frauen schon immer gemocht.«

»Sie ist zu dünn.«

»Dafür hat sie einen phantastischen Busen.«

Roman wollte nicht über Mandas sanft gerundeten Busen nachdenken, der sich so deutlich unter ihrem T-Shirt abgezeichnet hatte. Der Gedanke löste wieder die gleiche körperliche Reaktion in ihm aus, die er schon vorher bei ihrem Anblick verspürt hatte. Verdammt! Was war los mit ihm? Er war doch wohl kaum ausgehungert nach Sex! In der Nacht zuvor hatte er sich von einem Callgirl verwöhnen lassen, das seine Arbeit genauso sehr zu genießen schien wie er. Sie hatte ihn benutzt, das war klar, aber wenigstens war sie ehrlich gewesen und hatte ihm nichts vorgemacht. Er war bereit, einen solch erfreulichen Austausch zu tolerieren. Es war ihm sogar lieber als die Heuchelei, die er in den vergangenen Jahren hatte erleben müssen.

Er wußte, daß er kein Adonis war. Es war ihm unerträglich, von einer Frau zu Dingen manipuliert zu werden, die sie sich von ihm wünschte, indem sie Sex als Waffe einsetzte. Manda Delaney schien eine Frau zu sein, die diese Waffe sehr gekonnt zu benutzen verstand. »Ich habe sie nicht richtig gesehen«, entgegnete er schließlich mürrisch.

Brent musterte ihn mit spöttischem Lächeln. »Du hast sie sogar sehr gut gesehen, Roman. Hast du etwas dagegen, wenn ich ihr nachgehe, um ihr meinen Trost anzubieten, meinen berühmten Körper und alles andere, was sie bereit wäre zu akzeptieren?«

»Was soll die Frage? Sie interessiert mich nicht.« Romans Hände umklammerten das Lenkrad unwillkürlich fester. »Aber ich glaube, es lohnt sich nicht. Morgen ist sie fort, und bis dahin bleibt dir nicht viel Zeit, sie in dein Bett zu locken.«

»Zeit genug. Hast du nicht gehört, daß ich unwiderstehlich bin? Es steht in allen Artikeln über mich.« Dann wurde Brent ernst. »Falls du sie allerdings selber willst, Roman, halte ich mich natürlich zurück. Meine Rolle in deinem Film bedeutet mir mehr als ein solches kurzes Abenteuer. Ich würde unsere Beziehung dafür nicht aufs Spiel setzen.«

Für einen winzigen Moment war Roman versucht, Brent zu sagen, er solle die Finger von Manda Delaney lassen. Der Instinkt, der ihn dazu trieb, war schmerzhaft drängend wie die plötzliche Spannung zwischen seinen Schenkeln. Was ist bloß los mit mir? fragte er sich betroffen. Es kam überhaupt nicht in Frage, daß er sich mit Manda Delaney einließ, nicht einmal einer flüchtigen sexuellen Erfahrung wegen. Ihr Erscheinen in seinem Leben war viel zu sehr vom Zufall geprägt; ihre Weigerung, ihm zu sagen, was sie in Deadman's Ridge zu suchen hatte, sehr verdächtig.

Sie konnte alles mögliche sein, angefangen von einer Prostituierten bis zu einer Reporterin, die auf ein Exklusivinterview hoffte. Er zwang sich, tief durchzuatmen und sich zu entspannen. Dann zuckte er die Schultern. »Mach, was du willst. Mich reizt sie nicht. Frauen mit ihrer Haarfarbe habe ich noch nie gemocht.«

»O nein!« Manda starrte dem davonfahrenden Jeep enttäuscht nach. »Er wird mir Schwierigkeiten machen. Das kann ich jetzt wirklich nicht gebrauchen. Ausgerechnet jetzt!«

»Mir wirst du sicher auch nicht sagen wollen, was du hier mitten in der Wüste treibst?« Dennis zog sie an den Straßenrand, als sich die Kolonne der Wagen wieder in Bewegung setzte.

»Nein.« Sie wechselte rasch das Thema. »Wieso fährst du einen Lastwagen? Wo ist deine Cessna?«

»Der Motor mußte überholt werden. Sie fliegen meine Maschine in ein paar Tagen zu uns hinaus.«

»Du bist immer noch Berufspilot?« Sie hob die Hand, bevor er antworten konnte. »Natürlich bist du es. Dumme Frage. Ich weiß, daß du es nie aufgeben wirst. Wie lange arbeitest du schon für Roman Gallagher?«

»Diesmal seit neun Monaten. Ich war schon vor einigen Jahren sein Privatpilot, als er noch Dokumentarfilme drehte, aber er ist erst seit knapp einem Jahr wieder in Australien.« Dennis musterte Manda neugierig. »Ich weiß nicht, was du von ihm willst, aber sei bitte vorsichtig. Gallagher ist die Zielscheibe jedes Starlets in Australien und Amerika, seit er den Preis für *Fulfillment* gewonnen hat. Das hat ihn sehr mißtrauisch und zynisch gemacht.«

Dennis' Worte überraschten Manda nicht. Romans Zynismus verriet sich nur allzu deutlich in seinem Gesicht, zeigte sich in den scharfen Linien um seine Mundwinkel und in seinem kalten, düsteren Blick. Sie hatte den Filmemacher unwillkürlich angestarrt, fasziniert sein Mienenspiel beobachtet und mit angehaltenem Atem auf den tiefen Bariton seiner Stimme gelauscht. Und etwas Unerwartetes, völlig Verrücktes war geschehen. Nie zuvor hatte sie derart stark und emotionell auf einen Mann reagiert. So schnell ging es doch nicht, oder? Über die Vorstellung von Liebe auf den ersten Blick hatte sie immer nur gelacht. Sexuelles Interesse auf den ersten Blick konnte sie sich noch vorstellen, wenn auch mit gewissen Schwierigkeiten, aber Liebe?

Es konnte keine Liebe sein. Die zärtlichen Gefühle, die in ihr erwachten, wenn sie Roman ansah, konnten nur Einbildung sein, bedingt durch Übermüdung und Mangel an Schlaf. Bei ihrer nächsten Begegnung würde sie einsehen, wie albern sie sich verhalten hatte. Und doch . . . »Ich brauche Informationen. Dennis. Bist du bereit, mir zu helfen?«

»Warum nicht? Es ist immer sehr spannend in deiner Nähe. Ich persönlich wäre froh, wenn du bleiben könntest.«

»Erzähl mir etwas über Roman Gallagher. Ist er verheiratet?«

»Nein.«

»Frauen?«

»Er ist kein Mönch, aber er hat keine Frau aus Sydney mitgebracht. Er erlaubt niemandem, seine Arbeit zu stören, wenn er einen Film dreht.« Er betrachtete Manda neugierig. »Könnte es sein, daß ich persönliches Interesse bei dir spüre?«

»Vielleicht. Das sage ich dir später, wenn ich mir über meine Gefühle klargeworden bin. Im Moment kommt es mir vor, als hätte mich ein Blitz getroffen.«

Dennis pfiff leise. »Ich glaube, dieser Job könnte noch viel aufregender werden als die anderen. Soweit ich mich erinnere, warst du doch bisher immer diejenige, die die Blitze ausgeteilt hat.« Er lachte. »Aber man kann von dir ja nur das Unerwartete erwarten, Manda. Sag mal, hast du den anderen Mann im Jeep nicht gesehen?«

»Nein.« Sie hatte Roman Gallagher nicht aus den

Augen gelassen, er schien den gesamten Horizont ausgefüllt zu haben. »War es jemand Besonderes?«

»Mehrere Millionen Fans scheinen es jedenfalls zu glauben. Sie wären beleidigt, wenn sie wüßten, daß du ihn nicht interessant genug findest, um ihm deine Aufmerksamkeit zu widmen. Es war Brent Penrose, der amerikanische Filmstar.«

»Tatsächlich?« erwiderte sie vage und strich in einer unbewußten Geste über ihr Haar. »Mag er Frauen mit dieser Haarfarbe?«

»Penrose?«

»Nein, natürlich nicht. Roman Gallagher.«

»Keine Ahnung. Ich habe ihn immer nur mit dunkelhaarigen Frauen gesehen.«

»Wie ärgerlich.«

»Es scheint dir wirklich ernst zu sein«, bemerkte Dennis nachdenklich. »Es ist einfach nicht zu fassen! Du ignorierst Amerikas größten Herzensbrecher und verlierst den Kopf über Roman Gallagher. Dabei ist er nicht mal das, was man einen gutaussehenden Mann nennt.«

»Nein, das ist er nicht.« Auf den ersten Blick hatte sie ihn fast häßlich gefunden. Nichts in seinem Gesicht schien richtig zusammenzupassen. Seine lange Nase und die Augen mit den schweren Lidern verliehen ihm ein fast orientalisches Aussehen; seine schmalen Lippen bildeten eine harte, unnachgiebige Linie. Seine linke Wange war durch eine Narbe verunstaltet, die sich von der Schläfe zum Mundwinkel hinunterzog. Das Attraktivste an Roman waren seine ausdrucksvollen dunklen Augen. Nein, das stimmte nicht. Auch sein glänzendes, gewelltes, fast ebenholzschwarzes Haar war sehr schön.

Manda wünschte, sich an andere Details von ihm erinnern zu können. Sie vermutete, daß er mindestens einen Meter neunzig groß war, aber in ihrer Faszination hatte sie keine anderen Einzelheiten an ihm wahrgenommen. »Ich kann es auch kaum glauben«, gab sie seufzend zu. »Und ausgerechnet zu diesem Zeitpunkt! Ich will es nicht. Es ist verrückt. Aber vielleicht ist es nichts als eine vorübergehende Verliebtheit, die so schnell vorbeigeht, wie sie gekommen ist. Hoffentlich.«

»Und wenn nicht?«

Manda drehte sich erstaunt zu Dennis um. »Dann muß ich eben dafür sorgen, daß er mich auch mag. Was sonst?«

Er lachte und zog sie kameradschaftlich an sich. »Klar, was sonst?« wiederholte er. »Du bist die ehrlichste Frau, die ich kenne, Manda. Ich hatte vergessen, wie direkt und entschlossen du sein kannst. Wenn du etwas willst, holst du es dir.«

»Das klingt, als sei ich ein herzloses Biest. Bin ich wirklich so, Dennis?«

Er hob die Hand und streichelte ihre Wange. Nein, herzlos war Manda wirklich nicht. Impulsiv und starrsinnig, das ja, aber es fehlte ihr auch nicht an Gefühl. Manchmal hatte er sogar gedacht, es wäre besser für sie, nicht ganz so gefühlvoll zu sein. Manda war imstande, bedenkenlos fortzugeben, was sie besaß, ohne auch nur einen Gedanken darüber zu verschwenden. Es war lächerlich einfach, ihr Mitleid zu erregen und auszunutzen. Er hatte es selbst mehrfach schamlos getan.

»Du bist gar nicht so schlecht, Kleines«, murmelte er. »Wenigstens langweilt man sich bei dir nicht.«

Manda rümpfte die Nase. »Vielen Dank. Jetzt weiß ich wenigstens, daß ich mir von dir besser keine Empfehlungen ausstellen lasse.« Sie trat zurück. »Komm und begrüße Jacto.«

»Er ist immer noch bei dir?« Dennis zog erstaunt die Brauen hoch.

»Wir schaffen es nicht ohne einander. Dazu sind wir uns zu ähnlich. Niemand sonst versteht . . .« Sie brach ab und wandte sich zum Gehen. »Er wird sich freuen, dich zu sehen. Er mochte dich schon immer sehr, Dennis.«

»So? Das freut mich. Ich habe es nämlich nie gemerkt. Jacto ist ja nicht gerade der Gesprächigste.«

Manda lachte und ging zum Lager voran, wo Jacto in der Haltung eines Buddha vor dem Feuer hockte. »Jacto spricht vielleicht nicht viel«, erklärte sie Dennis, »aber er kann sich auch ohne Worte bestens verständlich machen.«

Dennis konnte ihr nur beipflichten. Der australische Ureinwohner war imstande, mehr Spott mit seinen Blicken auszudrücken als irgendein anderer Mensch, dem Dennis je begegnet war. Trotzdem hatte er sich in Jactos Nähe immer etwas unbehaglich gefühlt. Die dunklen Augen des alten Mannes schienen viel zuviel zu sehen . . .

Im Mondschein stellte Dennis fest, daß Jacto sich nicht verändert hatte. Sein kurzgeschnittenes Haar war mit grauen Strähnen durchzogen wie früher, seine abgetragenen dunklen Hosen und das karierte Hemd hingen lose um seinen hageren Körper. Jactos Gesicht konnte Dennis im Dunkeln nicht erkennen, aber er hätte seine Cessna darauf verwettet, daß es den gleichen spöttischen Ausdruck trug wie immer.

Manda blieb stehen und schaute der Wagenkolonne nach, die von der Straße abgebogen war und über das holprige Gelände an der östlichen Begrenzung des Opalfeldes rumpelte. Einige der Lastwagen hatten bereits angehalten, und Manda sah Männer aussteigen und mit dem Aufbau des Camps beginnen.

Die Wüste hatte ihren Frieden eingebüßt, und Manda

sah sich mit unerwarteten Komplikationen konfrontiert. Und doch verspürte sie, während sie dem lebhaften Treiben des Produktionsteams zuschaute, eine vertraute Erregung in sich erwachen . . .

Eine neue Erfahrung kam auf sie zu. Die Dinge veränderten sich, es ereignete sich etwas, und die Menschen handelten und reagierten. Manda liebte Abenteuer und Veränderungen, und diesmal versprachen sie noch aufregender zu werden als je zuvor. Denn irgendwo zwischen all diesen Menschen und Maschinen befand sich Roman Gallagher, der sich vielleicht als das größte Abenteuer überhaupt erweisen würde.

»Manda?« Dennis stand neben ihr. »Stimmt etwas nicht?«

Sie schüttelte den Kopf, ihr zimtfarbenes Haar schimmerte im Mondschein. »Nein, alles in Ordnung.« Sie begann wieder auf Jacto zuzugehen. »Ich glaube, es ist möglich, daß sogar alles in *bester* Ordnung ist!«

# 2

Manda holte tief Atem, straffte die Schultern und klopfte entschlossen an die Tür des kleinen Wohnmobils.

»Roman ist nicht da. Ich glaube, er schaut sich mit dem Regieassistenten die Umgebung an. Kann ich etwas für Sie tun?«

Manda drehte sich zu dem Mann um, der von einem anderen Wohnwagen auf sie zugeschlendert kam. Sein männlich attraktives Gesicht war ihr bekannt. Brent Penrose. Sie hätte ihn auch am Abend zuvor schon erkannt, nur hatte sein goldblondes Haar in der Nacht viel dunkler gewirkt.

Sie lächelte ihn an. »Nein – es sei denn, Sie könnten mir die Erlaubnis geben, in Deadman's Ridge zu bleiben. Besitzen Sie Einfluß auf Mr. Gallagher?«

»Nicht viel.« Brent lehnte sich lässig an die Metalltür des Caravans, steckte die Daumen in den Hosenbund und musterte Manda ungeniert. »Sie sind viel sauberer als gestern nacht. Was nicht heißen soll, daß Sie da nicht auch sehr appetitlich waren.« Gemächlich ließ er seine Blicke über ihre schmale Gestalt wandern, bis zu ihren langen, braunen Beinen hinunter, die in kurzen, khakifarbenen Shorts steckten. »Ich würde Ihnen gern versprechen, Roman umzustimmen. Könnte es meiner Sache dienlich sein, wenn ich Ihnen erzähle, wie reich und berühmt ich bin?«

»Ihrer Sache?«

»Bett.«

Manda lachte amüsiert. »Sie sind sehr freimütig, das muß ich Ihnen lassen. Aber nein, ich fürchte, es würde

Ihnen nicht viel nützen. Ich handle nicht mit Sex, Mr. Penrose.«

»Na ja, einen Versuch war es immerhin wert. Sie sind mir nicht böse, oder?«

»Nein.« Brent Penrose böse zu sein, wäre gar nicht so einfach gewesen. Er hatte ein sympathisches Lächeln, und seine Offenheit gefiel Manda. »Vermutlich müßte ich mich geschmeichelt fühlen. Sie können sich bestimmt nicht über Mangel an Bettgefährtinnen beklagen.«

»Hier draußen in der Wildnis schon«, entgegnete er mit entwaffnender Offenheit. »In Deadman's Ridge gibt es außer den Dingos niemanden, den ich beeindrucken könnte. Es wird ein langes Zölibat sein«, schloß er seufzend. Dann zog er fragend die Brauen hoch. »Es sei denn, Sie überlegten es sich doch noch anders.«

Sie schüttelte lächelnd den Kopf. »Sie werden es schon überleben. Warum sind Sie überhaupt hergekommen, wenn es Ihnen hier nicht gefällt?«

»Weil Roman mir die Chance gibt, zu beweisen, daß ich nicht nur aus einem attraktiven Gesicht bestehe.« Sein Lächeln verblaßte. »Ich hatte in einigen Abenteuerfilmen Erfolg, sie wurden Kassenschlager, und seitdem bin ich in Hollywood katalogisiert. Dabei bin ich ein guter Schauspieler. Aber keiner wollte mir die Möglichkeit geben, es zu beweisen.«

»Ich bin sicher, daß Sie gut sind«, sagte Manda ruhig. »Ihre Filme habe ich nie gesehen, aber ich kenne Mr. Gallaghers Arbeit. Er würde Sie nicht als Hauptdarsteller engagieren, wenn er nicht von Ihrem Talent überzeugt wäre.«

»Meinen Sie?« Ein unsicherer Ausdruck huschte über Brents Gesicht, dann lächelte er. »Wie Sie sehen, leide sogar ich unter Anfällen von Unsicherheit. Sie tun meinem Ego gut, Manda. Eine Frau, die mein Geld nicht will, und auch nicht meinen Körper, und dennoch bereit ist, mir Mut zuzusprechen. Vielleicht sollte ich mich wirklich dafür einsetzen, Sie in der Nähe zu behalten. Ihre Anwesenheit könnte sich positiv auf mein Selbstvertrauen auswirken.«

Manda lachte ihn an. »Ich helfe Ihnen, wo ich kann. Aber ich glaube, ich habe gestern abend keinen besonders guten Eindruck auf Mr. Gallagher gemacht.«

»Hm, das würde ich nicht sagen. Ich hatte eher das Gefühl, daß er *sehr* beeindruckt von Ihnen war.« Ein vielsagendes Lächeln spielte um seinen Mund. »Nicht alle Männer sind so unkompliziert wie ich. Roman kann sehr . . . bockig sein.«

Sie verzog das Gesicht. »Das hat mir gerade noch gefehlt! Aber ich kann auch meine Hörner zeigen, wenn es sein muß.«

Brent streckte den Arm aus und strich Manda sanft eine Haarsträhne aus der Stirn. »Meine Rolle in diesem Film setze ich nicht aufs Spiel, aber ansonsten bin ich bereit, Sie in jeder Hinsicht zu unterstützen. Einverstanden?«

»Einverstanden«, stimmte sie dankbar zu.

»Wenn du damit fertig bist, meine Abmachungen zu treffen, Brent, wäre ich dir dankbar, wenn du dich dünn machen würdest, damit ich in meinen Wohnwagen kann.« Romans Stimme klang sarkastisch.

Manda und Brent drehten sich überrascht um, als er an ihrer Seite erschien. Er trug enge Wildlederhosen in einem hellen Beigeton, braune Cowboystiefel und ein khakifarbenes Buschhemd. Er wirkte erhitzt, verärgert und nervös. »Ich bin vier Stunden in dieser verdammten Hitze herumgelaufen und brauche jetzt dringend eine kalte Dusche und einen Drink.«

Er warf Manda einen Blick zu, und sie war schockiert

über die kalte Wut, die sich darin verriet. Roman schien ganz offensichtlich ein Choleriker zu sein, und ein großer Teil seines Ärgers richtete sich auf sie. »Da du bereits ein Abkommen mit unserem Eindringling getroffen zu haben scheinst, warum nimmst du sie dann nicht mit in deinen eigenen Wohnwagen?«

»Mit Vergnügen, aber die Dame möchte mit dir sprechen.« Brents blaue Augen blitzten vor Heiterkeit, als er hinzufügte: »Vorher.« Er wandte sich ab. »Sie brauchen nur anzuklopfen, Manda, wenn Sie soweit sind. Ich werde warten.« Seine Stimme klang verführerisch heiser. »Voller Ungeduld.«

Manda warf ihm einen gereizten Blick zu. Brent schien einen merkwürdigen Sinn für Humor zu haben, aber es wäre ihr lieber gewesen, wenn er ihn nicht ausgerechnet in diesem Augenblick bewiesen hätte. Roman Gallaghers Laune war auch so schon schlecht genug. »Das stimmt. Ich möchte mit Ihnen reden. Ich werde Sie nicht lange aufhalten, Mr. Gallagher.«

»Darauf können Sie sich verlassen.« Ein Muskel zuckte an Romans Kinn, als er die schwere Metalltür öffnete. »Wir dürfen Brent nicht warten lassen.« Er bedeutete ihr, einzutreten. »Nach Ihnen. Keine Angst, wir werden es sehr schnell erledigen.«

Was bedeutet, daß er nein sagen wird, dachte Manda betrübt. Aber er konnte ja nicht ahnen, daß eine Überraschung auf ihn wartete!

Roman deutete auf eine Couch. »Setzen Sie sich. Möchten Sie etwas trinken?«

»Nein, vielen Dank.«

Er schloß die Tür, und Manda wurde etwas unbehaglich zumute. Die Enge des Raums brachte ihr Romans männliche Ausstrahlung noch stärker zu Bewußtsein. Fasziniert glitt ihr Blick zu den kräftigen Muskeln, die sich unter seinem Hemd abzeichneten. Als er zum Kühlschrank ging, erinnerten seine katzenartig geschmeidigen Bewegungen sie für einen Moment an Jacto, aber damit war die Ähnlichkeit auch schon vorbei. Gallagher war weder dünn noch hager. Die ausgeprägten Muskeln seiner Schenkel und Waden waren unter seinen engen Lederhosen deutlich zu erkennen. Manda fragte sich unwillkürlich, wie sich diese Muskeln anfühlen mochten.

»Sie haben doch nichts dagegen, wenn ich es tue?«

Sie hob abrupt den Kopf. Heiße Röte schoß ihr in die Wangen. »Was?«

Er sagte nichts, schien genauso überrascht wie sie selbst. Manda spürte, wie sich die Atmosphäre zwischen ihnen mit erotischer Spannung auflud. Romans Hand, die eine Colaflasche hielt, verharrte mitten in der Bewegung. Er starrte sie durchdringend an und ließ dann langsam seinen Blick über ihren Körper gleiten.

Manda spürte diesen Blick wie eine Berührung auf den Spitzen ihrer Brüste, die sich gegen das dünne Material ihres gelben T-Shirts drängten, dann auf ihrem flachen Bauch und ihren Schenkeln. Es ist das zweite Mal innerhalb weniger Minuten, daß mich ein Mann auf diese Art betrachtet, dachte sie flüchtig. Aber diesmal war ihre Reaktion ganz anders als die Belustigung, die sie unter Brents Musterung empfunden hatte.

Sie glaubte fast, Romans lange, braune Finger auf den Innenseiten ihrer Schenkel zu spüren. Unwillkürlich schnappte sie nach Luft. Du bist verrückt! dachte sie. Sie wußte sehr gut, was sexuelle Erregung war, aber so intensiv wie jetzt hatte sie sie noch nie empfunden. Die Innenseiten ihrer Hände prickelten, und zwischen ihren Schenkeln begann ein leises Pochen, das sich durch ihren ganzen Körper fortsetzte.

Roman löste schließlich seinen Blick von ihr und schaute auf die Flasche in seiner Hand. »Ich habe gefragt, ob es Sie stört, wenn ich etwas trinke«, murmelte er. »Das glaube ich jedenfalls.«

»O nein, natürlich nicht«, erwiderte sie rasch. Sie suchte fieberhaft nach einem Thema, das die Spannung zwischen ihnen lösen würde. »Ein hübscher Wohnwagen. Sie sind unglaublich praktisch, diese Wohnmobile, nicht wahr? Ich habe in Arnhem Land drei Monate in einem gelebt, und es war bequemer, als ich je für möglich gehalten hätte. Aber natürlich war ich auch gerade von einem Wandertrip durch die Blue Mountains zurückgekommen, da wäre mir jede Hütte wie ein Paradies erschienen.«

»Sie kommen viel herum, was?« Er lehnte sich auf die mit Keramikplatten ausgelegte Anrichte. »Kein Wunder, daß Sie und Dennis Freunde sind. Er bleibt auch nicht gern lange an einem Ort.«

»Sie ja anscheinend auch nicht. Sie haben in der ganzen Welt Dokumentarfilme gedreht, und Dennis sagte, sie wären gerade aus Hollywood zurückgekommen.«

Er zog die Brauen hoch und trank einen Schluck Cola. »Sie sind gut informiert. Reisen gehört zu meinem Job.«

»Zu meinem auch.« Sie zuckte die Schultern. »Nun ja, das stimmt vielleicht nicht ganz. Ich bin mit meiner Examensarbeit in Geologie beschäftigt, und einige meiner Reisen hatten etwas mit meinem Studium zu tun, aber nicht alle. Ich glaube, ich bin ein Wandervogel, genau wie Jacto. Es gibt soviel zu sehen auf der Welt, soviel zu tun . . .« Sie brach ab. »Sie finden mich sicher seltsam. Das geht den meisten Leuten so.«

»Nein.« Sein Blick ruhte mit einer merkwürdigen

Intensität auf ihrem Gesicht. »Warum sollte ich Sie seltsam finden? Wer ist Jacto?«

»Mein Freund. Er gehört zu einem der Stämme in Arnhem Land.« Ihre Züge wurden weich. »Ich kenne niemanden, der naturverbundener ist als Jacto. Er ist sehr, sehr alt; er erinnert mich immer an einen Affenbrotbaum. Wieviel Zeit auch vergehen mag und wie sehr sein Körper sich ändert und älter wird, er selbst verändert sich nie. Er findet sich einfach damit ab und erträgt es.«

»Sie haben ihn sehr gern.« Es war eine Feststellung, keine Frage. Die glühende Zuneigung in Mandas Blick war auch nicht mißzudeuten.

»Wir sind schon sehr lange zusammen. Wir haben uns von Anfang an verstanden, denn auch er bleibt gewöhnlich nie lange an einem Ort, aber wenn er in der Nähe ist, besucht er mich.«

»Ist er jetzt auch bei Ihnen?«

Manda nickte. »Ich stelle Ihnen Jacto vor, wenn Sie möchten. Kommen Sie doch heute abend zum Essen in unser Lager!«

Roman unterdrückte ein Lächeln. Sie hatte ihre Einladung sehr geschickt in das Gespräch eingeflochten. »Haben Sie vergessen, daß Sie heute abend bei Sonnenuntergang Deadman's Ridge verlassen haben sollten?«

Manda lächelte verschmitzt. »Ich dachte, ein Versuch könnte nicht schaden.« Dann verblaßte ihr Lächeln. »Ich muß bleiben, Mr. Gallagher. Ich bin nicht zum Vergnügen hier, ich kann Ihnen nicht sagen, wie wichtig es für mich ist.«

»So wichtig, daß Sie Brent einspannen, um mich zu beeinflussen?« Roman preßte die Lippen zusammen. »Sie hätten Ihre Lektion besser lernen sollen, bevor Sie seinen Vorschlag annahmen, Miss Delaney. Meine

Schauspieler produzieren meine Filme nicht, sie spielen nur in ihnen mit.«

»Du liebe Güte, haben Sie denn wirklich nicht gemerkt, daß Brent nur Spaß gemacht hat?« entgegnete sie ärgerlich. »Ich schlafe nicht mit Männern, damit Sie mir einen Gefallen tun. Was das betrifft, verstehen wir uns perfekt, Brent und ich.«

»Das habe ich gemerkt«, sagte Roman kurz. »Anscheinend habe ich Brents Charme unterschätzt. Ein kurzes Gespräch mit ihm, und schon sind Sie so hingerissen wie alle seine anderen Groupies.«

»Ich bin kein . . .« Sie brach ab und holte tief Luft. »Ach, denken Sie, was Sie wollen. Es ist ohnehin bedeutungslos. Das einzig Wichtige ist, ob Sie mich hierbleiben lassen oder nicht.« Sie benetzte ihre Lippen. »Was macht es schon, wenn ich bleibe? Glauben Sie etwa noch immer, ich arbeitete für die Presse? Ich wußte nicht einmal, daß Sie nach Deadman's Ridge kommen würden, bis Sie mit Ihrer Karawane aufgetaucht sind. Aber falls es Sie beruhigt, unterschreibe ich, was Sie wollen. Ich tue alles, was Sie von mir verlangen.« Sie senkte die Stimme zu einem Flüstern. »Lassen Sie mich bitte bleiben, Mr. Gallagher.«

Es fiel ihm schwer, seinen Blick von ihrem flehenden Gesicht abzuwenden. Aber sie hatte auch wirklich wunderschöne Augen, bernsteinfarben, von rätselhafter Tiefe und sprühend vor Gefühl. Er wollte sie immer, immer anschauen. Er wollte die Hand ausstrecken, ihre dichten, gebogenen Wimpern berühren und das Lächeln wieder in ihre Augen zaubern. Was war es denn schon, was Sie von ihm verlangte? Welchen Unterschied konnte es machen, wenn sie während der Außenaufnahmen in der Nähe blieb? Warum sollte er es ihr nicht gestatten . . .

Er löste widerstrebend den Blick von ihr und verkrampfte seine Finger um das Glas in seiner Hand. Beinahe wäre es ihr gelungen, ihn zu überzeugen. Fast hätte er ihrem flehenden Blick nachgegeben und ihren Wunsch erfüllt. Du bist nicht besser als Dennis oder Brent, dachte er entrüstet, dabei müßtest du es wirklich besser wissen. »Ein verführerisches Angebot«, meinte er spöttisch. »Sie würden also *alles* tun, was ich verlange? Haben Sie Brent das gleiche versprochen?«

Romans Worte versetzten Manda einen Stich. Er war ein harter, mißtrauischer Mann, der sich bisher als äußerst unnachgiebig erwiesen hatte. Eigentlich müßte sie jetzt einsehen, wie sinnlos es war, ihn überreden zu wollen. Und vor allem hätte er nicht die Macht besitzen dürfen, ihr weh zu tun. Aber so war es leider . . .

»Nein«, entgegnete sie leise. »Haben Sie nichts anderes als Sex im Kopf, Mr. Gallagher? So etwas hatte ich wirklich nicht gemeint. Ich dachte nur, ich könnte vielleicht stundenweise bei Ihrer Produktion mitarbeiten, damit Sie Ihre Regel, keine Außenseiter am Drehort zu erlauben, nicht brechen müssen. Wieso halten Sie sich überhaupt für so unwiderstehlich, zu glauben, ich ginge mit Ihnen ins Bett?«

»Ich bin nicht so dumm anzunehmen, es seien meine körperlichen Vorzüge, die Sie veranlassen könnten, mit mir zu schlafen«, entgegnete er lakonisch. »Es ist mir bewußt, daß ich kein gutaussehender Mann bin. Ich weiß, daß eine Frau nur mit mir ins Bett geht, wenn ich dafür . . .« Er brach ab. »Ich bin kein Brent Penrose. Die Gründe, aus denen Frauen zu mir kommen, sind eher praktischer Natur.«

Mandas Ärger verflog. Sie merkte, daß es ihm ernst war. Aber glaubte er denn wirklich, Frauen könnten sich nur aus materiellen Gründen zu ihm hingezogen fühlen?

War ihm wirklich nicht bewußt, daß er eine bedeutend stärkere erotische Ausstrahlung besaß, als ein Brent Penrose sie je haben konnte? »Sie irren sich«, sagte sie ruhig.

»So?« Er verzog spöttisch den Mund. »Das hat man mir schon oft gesagt, aber es endet für gewöhnlich immer auf die gleiche Weise. Es stört mich nicht, für Sex zu bezahlen, aber ich hasse es, wenn man mir etwas vormacht. Vergessen Sie das nicht, es könnte Ihnen bei unserer zukünftigen Beziehung von Nutzen sein.«

»Zukünftigen Beziehung? Sie haben also beschlossen, daß ich bleiben darf?«

Roman war nicht bewußt gewesen, daß er es schon längst entschieden hatte, bis er die Worte ausgesprochen hatte. Na, wenn schon. Warum sollte Brent sie kriegen? Er hatte noch nie eine Frau so sehr begehrt wie Manda Delaney. Selbst wenn sie nicht das war, was sie zu sein vorgab, was machte das schon? Er konnte mit unaufrichtigen Menschen umgehen.

Er stellte sein Glas mit einer entschiedenen Bewegung auf die Küchenbar und ging langsam auf Manda zu. »Nur unter gewissen Bedingungen. Die Vorstellung, Sie könnten Brents Spielgefährtin sein, gefällt mir nicht. Ich will Sie für mich selbst haben. Habe ich mich klar genug ausgedrückt? Wenn ich Ihre Gesellschaft wünsche, lasse ich Sie rufen, und Sie kommen. Sofort.« Er streckte lächelnd die Hand aus und strich mit dem Zeigefinger über ihre Wange. »Vielleicht verlange ich nicht mehr von Ihnen als ein entspannendes Gespräch am Abend.«

Er trat noch einen Schritt näher und preßte seinen muskulösen Oberschenkel an Mandas nackten Bein. Sie atmete scharf ein, als sie spürte, wie erregt er war. Um es ihr noch deutlicher zu zeigen, legte er ihr die Hände um die Taille und preßte Manda an sich. »Oder das.« Er machte eine sinnliche Bewegung mit den Hüften. »Es kann sein, daß ich dich bis auf die Haut entkleiden möchte, deine Schenkel öffnen und tief in dich einzudringen. Das alles ist mir gestern nacht durch den Kopf gegangen, als ich im Bett lag und nicht einschlafen konnte.«

Mandas Blick war auf den Puls fixiert, der an Romans Kehle zuckte. Sein herber Duft, eine Mischung aus Schweiß, Aftershave und Leder, stieg ihr zu Kopf wie ein berauschendes Getränk.

»Ich wollte nicht an dich denken, aber es war nicht zu verhindern. Ich dachte daran, wie fest du mich umschließen würdest und fragte mich, wie deine Brüste sich unter meinen Lippen anfühlen würden. Ich stellte mir vor, wie du dich bückst, und wie ich . . .«

»Bitte, sag so etwas nicht!« fiel Manda ihm heiser ins Wort.

»Warum nicht? Ich bin sicher, daß es dich erregt. Ich kann dich in jeder Weise zufriedenstellen, Manda. Mag sein, daß ich kein schöner Mann bin, aber dafür fehlt es mir nicht an Erfahrung in Sachen Sex. Ich kann es dir sehr schön machen.«

Wieder wurde sie von einer Welle des Mitleids überrascht. Am liebsten hätte sie Romans Kopf an ihre Schulter gezogen und ihn tröstend gewiegt wie ein kleines Kind. Es war verrückt, unfaßbar, daß sie trotz der heftigen Erregung, die sie ergriffen hatte, plötzlich mütterliche Gefühle für ihn empfand.

Sie holte tief Luft. »Du hast ganz recht, es ist erregend.« Sie trat zurück. »Aber ich bin keine Hure, Roman. *Falls* ich mit dir ins Bett gehen sollte, dann nur, weil ich dich begehre, aus keinem anderen Grund. Oh, ich bin natürlich bereit zu verhandeln, wenn du mir gestattest, zu bleiben. Du willst, daß ich komme, wenn du mich rufen läßt? Gut, ich komme. Ich koche für dich, wenn du willst, und leiste dir Gesellschaft. Vielleicht lasse ich mich sogar von dir anfassen, vielleicht auch nicht. Das hängt ganz davon ab, wie überzeugend du sein kannst. Ich bin bereit, mich umwerben zu lassen.«

»*Umwerben?*«

»Keine Angst, Roman, ich habe nicht vor, dich vor den Traualtar zu schleifen. Eine Heirat käme für mich nicht in Frage.«

»Tatsächlich?« Er lächelte spöttisch. »Ich muß sagen, das erleichtert mich sehr.«

»Aber ich bestehe darauf, umworben zu werden, Roman.« Sie schaute ihm fest in die Augen. »Ich lasse nicht zu, daß du es zerstörst. Es passiert mir zum ersten Mal, und deshalb werden wir es richtig machen.« Sie runzelte nachdenklich die Stirn. »Ich wünschte nur, wir hätten mehr Zeit füreinander.«

Roman starrte sie mit einer Miene an, die Mißtrauen und Erstaunen verriet. »Wovon redest du eigentlich, Manda?«

Sie lächelte gelassen. »Ich habe mich in dich verliebt.«

»Was!«

»Ja, für mich war es auch eine Überraschung. Ich dachte immer, Liebe auf den ersten Blick sei eine Erfindung von Romanschriftstellern. Und niemand kann behaupten, du wärst der geeignete Kandidat dafür.«

»Meinst du, das wüßte ich nicht?«

Sie lächelte nachsichtig. »Es hat nichts damit zu tun, daß du nicht wie ein Filmstar aussiehst. Charakter war mir schon immer lieber als gutes Aussehen. Nein, es liegt an deinem mißtrauischen, arroganten Wesen«, meinte sie und seufzte. »Aber da ich im allgemeinen über gute Menschenkenntnis verfüge, weiß ich, daß sich unter deinem stacheligen Äußeren ein ganz außergewöhnlicher Mensch verbirgt. Ich brauche nur die rauhe Schale zu entfernen und den Menschen darunter zu entdekken.« Sie wandte sich zur Tür. »Das könnte übrigens sehr interessant werden. Ich liebe Herausforderungen, Roman.«

»Mach mir doch nichts vor!« entgegnete er schroff. »Wie kommst du darauf, ich würde dir eine solche Geschichte abkaufen? Es haben schon erfahrenere Leute als du versucht, mich hereinzulegen.«

»So?« Der Blick, den sie ihm über die Schulter zuwarf, verriet Wärme und eine mitleidige Zärtlichkeit. »Das tut mir leid, aber *ich* habe nicht vor, dich hereinzulegen.« Sie machte eine Pause. »Sag mir, daß ich bleiben soll. Ich möchte es aus deinem Mund hören.«

Er runzelte die Stirn. »Nein, verdammt! Ich . . .« Er brach ab und maß sie mit einem argwöhnischen Blick. »Warum sollte ich wollen, daß du bleibst? Du machst mir keine Zusagen und wirst mir wahrscheinlich sowieso nichts als Kopfschmerzen bereiten.«

»Natürlich habe ich dir gewisse Dinge versprochen! Ich bin bereit, zu kommen, wenn du rufst, und dir eine Chance zu geben, mich zu verführen. Ist das etwa nichts?« Sie lächelte selbstbewußt. »Im übrigen halte ich dich für einen Mann, der einer Herausforderung auch nicht gerne aus dem Wege geht.«

Er schwieg einen Moment, starrte Manda stirnrunzelnd an. Dann sagte er leise, widerstrebend: »Bleib.«

Sie lachte belustigt, während sie die Tür öffnete. »Deine Güte rührt mich zu Tränen. Ich sehe schon, daß wir . . . oh, hi, Dennis!«

Sie lächelte den Piloten an, der beiseite trat, um sie die drei Stufen hinuntergehen zu lassen. »Roman hat gerade meine Einladung zu einem eleganten Dinner in der freien

Natur abgelehnt. Möchtest du statt dessen mit Jacto und mir speisen?«

»Warum nicht? Es hat mich noch nie gestört, die zweite Wahl zu sein«, entgegnete Dennis gedehnt. »Und Jacto hat mir gestern abend versprochen, mir beizubringen, wie man einen Bumerang wirft. Ich versuche schon seit Jahren, es zu lernen, aber es will mir einfach nicht gelingen.«

»Ja, ich erinnere mich an deine Versuche. Deshalb verschwinde ich lieber in meinem Stollen, bis dein Unterricht beendet ist.« Sie hob grüßend die Hand. »Bis Sonnenuntergang.«

»Ja.« Dennis schaute ihr nach, dann drehte er sich um und betrat Romans Wohnmobil. »Die Cessna wird morgen gebracht, Roman. Möchtest du jetzt den Plan machen, wann die ersten Aufnahmen ins Studio nach Sydney gebracht werden?«

Roman antwortete nicht. Sein Blick folgte Manda.

Ein schwaches Lächeln spielte um Dennis' Lippen. »Du läßt sie bleiben?«

Roman konnte den Blick nicht von ihr abwenden. »Ja.«

Dennis lachte. »Das dachte ich mir schon. Wenn Manda ihren Sirenengesang anstimmt, muß man schon sehr hart sein, um ihr etwas abzuschlagen.«

»Du redest über sie, als wäre sie eine Art Lorelei!«

»Lorelei?« Dennis' runzelte nachdenklich die Stirn. »Ja, eine gewisse Ähnlichkeit besteht schon. Sie ist ein überredungsgewandter kleiner Teufel.« Er zog die Tür hinter sich zu. »Aber es steckt keine Bosheit in ihr. Sie besitzt nur so wahnsinnig viel Energie und Enthusiasmus, daß sie einen mitreißt, ob man will oder nicht.«

Er schüttelte den Kopf. »Weißt du, daß ich immer Angst vor Wasser hatte? Als wir in Tasmanien waren, beschloß Manda, das Aufregendste der Welt müßte sein, eine Wildwasserfahrt über die Franklin Rapids zu machen. Keiner der anderen aus dem Geologenteam wollte sie begleiten. Aber als sie fertig war mit ihrer Beschreibung von der herrlichen Natur, dem weißen, schäumenden Wasser und so weiter, blieb uns nichts anderes übrig, als zwei Flöße zu besorgen, damit wir alle Platz hatten. Und ich erbot mich sogar, im *ersten* Floß mitzufahren!«

»Beeindruckend.« Und gefährlich. Eine Frau, die eine derartige Macht über Menschen besaß, hatte nur selten Hemmungen, diese Macht zu ihrem Vorteil anzuwenden. Dennis war ganz offensichtlich völlig hingerissen von ihr und sie hatte Brent innerhalb weniger Minuten mit ihrem Charme verzaubert.

Aber ich bin kein so leichter Fang, dachte Roman trotzig. Zwar hatte sie ihn mit ihren letzten Bemerkungen auch ein wenig aus der Fassung gebracht, aber im nachhinein mußte er zugeben, wie klug ihre Taktik war. Sie hatte den Spieß umgedreht, die Erlaubnis erhalten zu bleiben und den Handel zwischen ihnen zu ihren eigenen Bedingungen abgeschlossen. Wahrscheinlich dachte sie, er glaube ihre Behauptung, in ihn verliebt zu sein, aber sie hatte auch, scharfsinnig, wie sie war, den Wert einer Schocktheraphie erkannt. Und sie mußte gemerkt haben, wie begierig er war, den Handschuh aufzuheben, den sie ihm lächelnd zugeworfen hatte.

»Was weißt du über sie, Dennis? Sie sagte, sie sei mit geologischen Forschungen beschäftigt. Ist das wahr?«

Ein seltsamer Ausdruck huschte über Dennis' Gesicht. Dann hob er die Schultern. »Soviel ich weiß, stimmt es. Ich bin Manda mehrmals bei irgendwelchen geologischen Projekten begegnet, aber andererseits ist sie eine sehr vielseitige Frau, die schon alles mögliche gemacht hat. Ihren Erzählungen nach hat sie sich als Verkäuferin versucht, war auf einem Frachter beschäftigt, der die Route nach Tahiti fuhr, hat eine wöchentliche Kolumne für eine kleinere Zeitschrift geschrieben, ein Taxi gefahren und . . .«

»Warte mal!« Romans Augen waren schmal geworden. »Sie hat bei einer Zeitung gearbeitet?«

Dennis nickte. »Werde jetzt bloß nicht paranoid, Roman! Wie gesagt, es war eine völlig unbedeutende Zeitschrift, die irgendeine christliche Vereinigung herausgab.«

»Ausgerechnet . . .« murmelte Roman. »Vielleicht hat sie jetzt wieder Ambitionen in dieser Richtung.«

Dennis runzelte die Stirn. »Roman, ich glaube nicht . . .«

Roman schnitt ihm mit einer ungeduldigen Handbewegung das Wort ab. »Du brauchst sie nicht zu verteidigen. Mir ist es völlig egal, ob sie Reporterin ist oder nicht. Im Gegenteil, ich bin immer froh, wenn ich weiß, mit wem ich es zu tun habe.«

Für einen Moment empfand er schmerzliche Enttäuschung, aber dann war sie verflogen. Was hatte er denn erwartet? Manda Delaney war vermutlich Expertin darin, die Menschen zu verzaubern, bei denen sie etwas erreichen wollte. Dennoch wäre ihm lieber gewesen, wenn sich ihre Aufrichtigkeit und ihre Lebensfreude als echt erwiesen hätten. Es wäre schön gewesen, in dieser kalten, zynischen Welt jemanden zu finden, der diese Qualitäten noch besaß.

Aber wie gesagt, es war nicht von Bedeutung, ob sie Delilah war oder nicht. Er würde Manda benutzen, so wie sie vorhatte, ihn zu benutzen. Schon lange hatte keine Frau mehr eine Herausforderung für ihn dargestellt, und es war sicher interessant festzustellen, wie lange er sie *umwerben* mußte, um sie in sein Bett zu kriegen. Er wandte sich ab. »Ich bin gleich soweit, Dennis. Ich will nur kurz duschen und mich umziehen. Mach dir einen Drink zurecht.«

»Dennis kommt zum Essen, Jacto. Er sagte, du hättest versprochen, ihm das Bumerangwerfen beizubringen.« Manda saß im Schatten des Segeltuchs, das vor ihrem Zelt aufgespannt war. Die intensive Hitze ließ die Luft vor ihren Augen flimmern. Unwillkürlich dachte sie an Romans kühles Wohnmobil. Dann strich sie den Gedanken energisch aus ihrem Bewußtsein. In der Mine war noch wesentlich mehr Hitze zu erwarten, und derartige Vergleiche machten es nur schlimmer. »Meinst du, du könntest ihn beschäftigen? Ich muß heute nachmittag mit der Arbeit in dem neuen Stollen beginnen und kann nur eine kurze Pause zum Essen einlegen.«

»Du hast gestern kaum geschlafen«, gab Jacto zu bedenken. »Das beste wäre, wenn du dich jetzt hinlegst und nach Sonnenuntergang mit der Arbeit beginnst.«

»Das kann ich mir nicht leisten. Von jetzt an muß ich möglicherweise jeden Abend ein paar Stunden am Drehort verbringen, und das wird meinen Zeitplan empfindlich stören. Daher muß ich noch härter arbeiten, wenn sich die Gelegenheit dazu ergibt.« Sie richtete sich auf und griff nach der Feldflasche neben ihrem Schlafsack. »Es hat keinen Zweck, es noch länger aufzuschieben. Von neuem in die Bresche.«

»Ich glaube, *Henry der Fünfte* ist kein passendes Beispiel in diesem Fall.«

Manda hätte sich denken sollen, daß Jacto das Zitat erkennen würde. Soviel sie wußte, war er sein eigener Lehrer gewesen und erstaunlich gebildet. Er war überhaupt ein erstaunlicher Mensch. Schon oft hatte sie mit dem Gedanken gespielt, ihn zu fragen, woher er seine Kenntnisse bezogen hatte. Immerhin war er in einer Zeit aufgewachsen, in der seine Rasse brutal unterdrückt worden war. Aber sie hatte es nie gewagt, denn Jacto sprach nicht gern über seine Vergangenheit.

»Sei nicht so pedantisch«, versetzte sie lächelnd. »Aus dem Zusammenhang genommen, paßt es schon.« Sie stellte ihre Taschenlampe an und streifte die Lederhandschuhe über, die ihre Hände vor dem Schutt und Gestein in der Mine schützen sollten. »Ich muß sehen, ob die Leiter noch sicher ist. Sie hat ziemlich stark geächzt, als ich sie das letzte Mal benutzte.«

»Sie ist sicher. Ich habe sie repariert und in den neuen Stollen gebracht, während du fort warst. Es liegt eine Menge Schutt dort unten, aber diesmal gibt es keine Schlangen«, fügte er mit schwachem Lächeln hinzu.

Manda erschauerte. »Gott sei Dank!« Im ersten Stollen hatte sie ein ganzes Nest schwarzer Schlangen gesehen, die sie entfernen mußte, bevor sie mit ihrer Suche beginnen konnte. Danach, bei jedem Umdrehen eines Steins, hatte sie befürchtet, auf ein weiteres Reptil zu stoßen. Es hatte die Suche zu einem nervenzermürbenden Erlebnis gemacht. »Danke, Jacto. Ich hatte schon Bedenken, in den neuen Stollen hinabzusteigen.«

»Ich rufe dich, wenn das Essen fertig ist. Möchtest du vorher ein Bad im Bach nehmen?«

Sie nickte. »Das wäre wunderbar. Nach Stunden in der staubigen Mine ist das Wasser wie ein Geschenk des Himmels.« Sie trat aus dem Schatten ins helle Sonnenlicht und schnappte nach Luft, als die volle Kraft der Hitze sie traf. »Ist der Stollen sehr lang?«

»Länger als der erste.« Jactos tintenschwarze Augen musterten sie sinnend. »Was ist, wenn du den Beutel mit dem Opal nicht findest? Was wirst du dann tun?«

»Ich *muß* ihn finden. Der Beutel muß irgendwo hier in Deadman's Ridge sein. Charlie schrieb seiner Frau, kurz bevor er ermordet wurde. In diesem letzten Brief teilte er ihr mit, er habe die Schwarze Flamme in einen Lederbeutel gesteckt, ihn mit einem zweiten Beutel geschützt und an einem sicheren Versteck untergebracht.«

»Ein Beutel *in* einem Beutel?«

Manda zuckte die Schultern. »Opale sind sehr zerbrechlich. Vermutlich wollte er den Stein schützen.«

»Du hast mir erzählt, mehrere andere Mitglieder deiner Familie hätten sich im Laufe der Jahre auf die Suche nach dem Stein gemacht und nie etwas gefunden. Es könnte doch sehr gut sein, daß Charlie Delaney die Geschichte nur erfunden hat.«

»Nein! Der Stein ist hier. Ich *weiß*, daß er hier ist.« Manda schwenkte die Taschenlampe. »Warum machst du das, Jacto? Ich habe schon genug Probleme. Es wäre mir lieber, wenn du deine Zweifel für dich behalten würdest.«

Jactos Gesichtsausdruck veränderte sich nicht. »Ich zweifle nicht an dir, Manda. Aber ein weiser Mensch vergißt nicht, daß man sich manchmal mit Geringerem zufriedengeben muß als dem, was man sich ursprünglich gewünscht hat. Der Preis, den wir gewinnen, ist sehr oft nicht das, was wir erwartet hatten.«

»Die Schwarze Flamme wird all das sein, was Charlie von ihr behauptete«, entgegnete Manda, eine Spur ungeduldig. »Es muß so sein.«

»Ich rede nicht von diesem Preis, Manda.«

»Liebe Güte, jetzt geht es schon wieder los!« Sie lachte heiser, als sie sich abwandte. »Meistens habe ich keine Ahnung, wovon du sprichst, Jacto.«

»Du wirst es schon noch verstehen – wenn die Zeit reif ist.« Er steckte seine Pfeife in den Mund und nahm einen tiefen Zug daraus. »Trink viel Wasser und vergiß nicht, deine Salztabletten zu nehmen, wenn du dort unten bist.«

»Ja.« Manda spürte seinen Blick auf ihrem Rücken, als sie die wenigen Meter zu der Öffnung des Stollens ging. Offensichtlich befand sich Jacto in einer seiner philosophischen Stimmungen. Ich müßte längst daran gewöhnt sein, dachte Manda. Aber gelegentlich gelang es ihm noch immer, sie zu verwirren.

Sie war voller Tatkraft und Zuversicht von Roman fortgegangen, und nun fühlte sie sich von tausend Zweifeln bedrängt. Roman war ein harter Mann, das stand fest, und leider war sie selbst alles andere als hart. Wie kam sie da auf die Idee, eine intime Beziehung zu ihm eingehen zu können und als Sieger daraus hervorzugehen?

Die sexuelle Spannung zwischen ihnen war so explosiv, daß ihre Knie gezittert hatten, als sie in seinem Wohnmobil stand. Und dabei hatte er sie nur flüchtig berührt. In diesem Augenblick hätte er nur mit den Fingern zu schnippen brauchen, damit sie mit ihm ins Bett ging.

Aber ihr war bewußt, daß sie nicht zu früh nachgeben durfte. Sie brauchte Zeit, um eine tiefere Beziehung zu ihm aufzubauen, bevor Sex ins Spiel kam. Romans Seele war irgendwann in seiner Vergangenheit schwer verletzt worden, deshalb besaß Sexualität nur einen sehr oberflächlichen Wert für ihn. Manda wollte nicht mit ihm intim werden, solange es für ihn nur ein flüchtiges, unbedeutendes Erlebnis sein würde.

Sie hielt sich an der Leiter fest und stieg vorsichtig, Stufe um Stufe, in den Stollen hinunter. Eins nach dem anderen. Im Augenblick mußte sie sich auf eine andere Herausforderung konzentrieren: die Suche nach der Schwarzen Flamme.

# 3

»Es sind schon zwei Tage vergangen«, sagte Manda gut gelaunt, als Roman die Tür öffnete. »Ich dachte schon, du hättest es dir anders überlegt, als Mark mit deiner Nachricht kam.« Sie lächelte den sommersprossigen jungen Mann, der sie zu Romans Wohnmobil begleitet hatte, freundlich an. »Bis morgen, Mark.«

Er nickte eifrig. »Ich komme sofort, nachdem ich meine Arbeit hier beendet habe. Was soll ich anziehen?«

»So wenig wie möglich. Es ist heiß im Hades.«

»Richtig. Ich freue mich schon darauf.«

Roman schaute dem Jungen nach. »Noch eine Eroberung?« erkundigte er sich trocken.

»Er war noch nie in einer Opalmine«, erklärte Manda, während sie die Stufen zum Wohnmobil hinaufstieg. »Ich habe ihm versprochen, ihn mitzunehmen und ihm alles zu zeigen.« Sie schloß die Augen und erschauerte wohlig. »Es ist wunderbar hier. Manchmal vergesse ich, daß es so etwas wie kühle Temperaturen gibt.« Sie schaute Roman mit verschmitztem Lächeln an. »Ist dir aufgefallen, daß ich auf dein Kommando hin sofort gekommen bin? O glorreicher Herrscher! Ich habe mir nicht einmal die Zeit genommen, mich zu waschen.« Sie fuhr sich mit der Hand durch ihr staubiges, verschwitztes Haar. »Aber ich muß es innerhalb der nächsten fünf Minuten tun, sonst ertrage ich mich selbst nicht mehr. Darf ich deine Dusche benutzen?« Sie hielt eine kleine Segeltuchtasche hoch. »Saubere Sachen und ein Handtuch habe ich mitgebracht.«

»Schade. Die Vorstellung, dich nackt und hilflos in meiner Dusche zu wissen und daß es von mir abhängt, ob ich dir ein Handtuch gebe, ist nicht ohne Reiz.« Er deutete auf die Badezimmertür. »Bitte, fühl dich ganz wie zu Hause. Falls du Hilfe benötigst, brauchst du nur zu rufen.«

Mandas Herz klopfte schneller, der Atem stockte ihr in der Kehle. Sie hatte in den vergangenen beiden Tagen vergessen, wie stark sie körperlich auf Roman reagierte. Sein dichtes schwarzes Haar war noch feucht von der Dusche, und er roch nach einer köstlichen Mischung aus Aftershave und Seife. Unwillkürlich glitt ihr Blick zu dem krausen dunklen Haar in seinem Hemdausschnitt.

Sie zwang sich, den Blick abzuwenden. »Ich werde daran denken. Du könntest mir etwas Kühles einschenken, meine Kehle fühlt sich an wie Sandpapier.« Sie zögerte, dann schaute sie Roman fragend an. »Warum hast du zwei Tage gewartet, um nach mir zu schicken?«

»Ich hatte einiges zu erledigen. Falls du es vergessen haben solltest – ich drehe einen Film. Es tut mir leid, dich enttäuschen zu müssen, aber auf meiner Prioritätenliste stehst du ganz an letzter Stelle und . . .« Er brach mitten im Satz ab. Manda schaute ihn aus großen, verwunderten Augen an, und er hatte plötzlich das Gefühl, ein verletztes Rehkitz vor sich zu haben.

»Hör auf, mich so anzusehen! Ich wollte dich überhaupt nicht rufen lassen, denn ich hatte schon fast beschlossen, daß ich nichts mit dir zu tun haben wollte.« Er atmete heftig aus. »Aber ich muß andauernd an dich denken, verdammt! Bist du jetzt zufrieden?«

»Ja.« Manda lächelte. »Sehr zufrieden. Ich konnte auch nicht aufhören, an dich zu denken. Ich bin gleich wieder da.«

Als sie zwanzig Minuten später aus dem Badezimmer kam, trug sie verblichene Shorts aus abgeschnittenen Jeans und dasselbe tief ausgeschnittene weiße T-Shirt, in dem er sie beim ersten Mal gesehen hatte. Ihr Haar war frisch gewaschen und fiel ihr in feuchten Strähnen auf die Schultern. Ihr Gesicht glänzte wie das eines Babys.

Auf bloßen Füßen ging sie zu Roman und nahm das Glas geeisten Tee, das er ihr reichte. »Wunderbar«, sagte sie zufrieden seufzend und trank einen Schluck. »Es schmeckt so gut, wie es aussieht. Der reinste Luxus. Eine heiße Dusche, ein eiskaltes Getränk und eine Klimaanlage. Was könnte ich noch mehr verlangen?«

»Ich kenne eine Menge Frauen, die einiges mehr verlangt hätten. Du bist sehr leicht zufriedenzustellen.«

»Nicht unbedingt. Ich könnte dich um Dinge bitten, die auszusprechen so schnell kein anderer wagen würde. Du brauchst mir nur Gelegenheit dazu zu geben.« Sie trank das Glas aus und stellte es auf die Anrichte. »So, was kann ich für dich tun? Soll ich dir etwas kochen, dir einen Knopf annähen, oder . . .«

»Ich möchte dich anschauen. Ich möchte deinen Körper dicht an meinem spüren und sehen, wie deine Augen ganz groß und dunkel werden und du mit der Zunge über die Lippen fährst, wie beim letzten Mal. Ich will sehen, ob ich es mir nur eingebildet habe oder ob ich dich tatsächlich so stark begehre, wie ich glaube. Warum dachtest du denn, ich hätte dich rufen lassen? Wenn ich etwas essen will, kann ich ins Katinenzelt gehen. Und um meine abgerissenen Knöpfe kümmern sich die Kostümbildner.«

»Wie praktisch.« Mandas Stimme zitterte leicht. »Aber selbst wenn du keinen Hunger hast, ich schon. Darf ich mir ein Sandwich machen?«

Er warf ihr einen mürrischen Blick zu. »Würde es etwas ändern, wenn ich nein sagte?«

»Nein. Ich war den ganzen Tag in der Mine, und es ist schon später Nachmittag. Seit dem Frühstück habe ich nichts gegessen.« Sie ging an ihm vorbei in die winzige Küche, wobei sie darauf achtete, ihn nicht zufällig zu berühren. Und doch war ihr die Nähe seines Körpers stark bewußt. Sie spürte die Hitze, die von ihm ausging, und seinen männlichen Duft, der ihr, wie schon beim ersten Mal, betäubend zu Kopfe stieg. »Kein zivilisierter Mensch würde einer hungrigen Frau die Nahrung verweigern.«

»Wer hat dir gesagt, ich sei ein zivilisierter Mensch?«

»Das braucht mir keiner zu sagen.« Sie öffnete den Kühlschrank und nahm Aufschnitt und Käse heraus. »Ich habe *Fulfillment* gesehen. Du hast nicht nur Regie geführt, sondern auch das Drehbuch geschrieben.« Sie schaute sich lächelnd nach Roman um. »Der Film war das einfühlsamste Porträt einer Liebe, das ich je gesehen habe. Der Mann, der für die Entstehung eines so wunderbaren Films verantwortlich ist, muß ein ganz außergewöhnlicher Mensch sein.«

Roman schaute ihr prüfend in die Augen. »Ich glaube, du meinst es ernst. Es ist nicht nur Schmeichelei.«

»Natürlich meine ich es ernst. Sonst würde ich es nicht sagen. Hast du Tomaten? Ah, da sind sie ja.« Sie griff in das Gemüsefach und zog eine große Tomate heraus.

»Es kann sein, daß ich mich in den Mann, der diese wundervollen Dialoge geschrieben hat, schon verliebte, bevor ich ihn sah. Leider kann ich nicht sagen, du hättest seit unserer Begegnung etwas getan, um diese plötzliche, verrückte Zuneigung, die ich für dich entwickelt habe, zu verdienen. Bisher hast du kein einziges freundliches Wort für mich gehabt, hast höchstens herumgeknurrt wie ein gereizter Hund und wüste Drohungen ausgestoßen. Es ist mir völlig unbegreiflich, daß ich noch nicht aufgegeben habe und . . .«

Sie brach ab und wandte sich erstaunt zu Roman um.

Er lachte, ein echtes *Lachen*, das nach aufrichtiger Belustigung klang, und sein sonst so mürrisches, kantiges Gesicht war auf einmal gar nicht mehr so unattraktiv. »Habe ich etwas Komisches gesagt?«

Roman schüttelte den Kopf. »Nein, im Gegenteil. Du warst todernst, und gerade das fand ich sehr lustig. Ich war nicht sicher, ob deine leidenschaftliche Erklärung an die Tomate gerichtet war oder an mich.«

Manda lächelte zufrieden. Seine Züge waren weicher geworden, das Mißtrauen war aus seinem Blick verschwunden. Sie fühlte eine überwältigende Freude in sich erwachen. Es war ein Beginn. Das große Abenteuer hatte begonnen. »Es ist ein schönes Exemplar. Ich meine die Tomate«, fügte sie rasch hinzu. »Möchtest du ein Stück?«

Roman schüttelte den Kopf, ohne seinen prüfenden Blick von Manda abzuwenden. »Warum hast du heute nichts gegessen?«

»Ich wollte mir nicht die Zeit dazu nehmen.« Sie öffnete den Brotkasten und nahm zwei Scheiben Roggenbrot heraus. »Ich arbeite unter Zeitdruck.«

Er versteifte sich unbewußt. »Zeitdruck?«

»Ich muß meine Arbeit in drei Wochen beendet haben.« Dann wechselte sie das Thema. »Was für eine Art Film drehst du dieses Mal?«

»Ein historisches Drama über die ersten Opalsucher in Australien.« Roman betrachtete sie aus schmalen Augen. »Sag mir jetzt endlich, was du hier machst! Du kannst doch nicht nach Edelsteinen graben! Ohne staatliche Lizenz dürftest du deine Funde ohnehin nicht behalten, das weißt du sicher. Und trotzdem erzählst du mir, du verbrächtest viele Stunden täglich in irgendeinem dieser Stollen.«

»Ich suche nicht nach Edelsteinen.« Verdammt, wie sie

es haßte, ihm nicht die Wahrheit sagen zu können! »Roman, ich kann nicht darauf antworten, klar? Es ist nicht nur mein Geheimnis; es sind noch andere Menschen daran beteiligt.«

»Wer?«

Sie schaute ihn in hilflosem Schweigen an. Er lächelte nicht mehr, es tat weh, zu sehen, wie sich das Mißtrauen von neuem in seine Augen schlich. »Bitte«, flüsterte sie. »Vertrau mir. Ich würde nie etwas tun, was dir schaden könnte.«

»Warum sollte ich dir vertrauen . . .« Er brach ab und starrte Manda schweigend an. Dann lächelte er plötzlich. »Es ist Kartoffelsalat und Käsekuchen im Kühlschrank. Ein Sandwich ist nicht genug. Du bist zu dünn. Sorgt dein Freund Jacto nicht dafür, daß du anständig ißt?«

Manda atmete erleichtert auf. »Jacto ist der Ansicht, jeder müsse sein eigenes Leben lenken.«

»Was dir nicht gerade bestens zu gelingen scheint«, gab er stirnrunzelnd zurück. »Hast du in jener Nacht, als wir uns zum ersten Mal begegneten, auch in der Mine gearbeitet?«

Manda nickte. »Nachts ist es kühler. Tagsüber ist es manchmal unerträglich heiß dort unten.« Sie lächelte. »Mach dir keine Sorgen. Ich bin zäh. Ich habe schon an mühsameren Unternehmungen teilgenommen.«

Arnhem Land, die Franklin Rapids, und was sonst noch alles, dachte Roman.

»Dennis hat mir so etwas erzählt.« Roman schüttelte den Kopf. »Warum machst du das alles?«

»Warum bist du in ganz Australien herumgereist, um deine Dokumentarfilme zu drehen?« entgegnete Manda lächelnd. »Abenteuerlust, Aufregung, neue Erlebnisse . . . Außer Jacto und vielleicht noch meinem Vater scheint es niemand verstehen zu können. Aber ich glaube fast, du weißt, wovon ich rede, Roman.«

Ein wehmütiger Blick erschien in seinen dunklen Augen. »Ja, ich verstehe, was du meinst.«

In diesem Augenblick wurde ihm bewußt, wie falsch Dennis Manda eingeschätzt hatte. Sie war keine Lorelei, und doch eine Art Phantasiewesen, das ihm Mitleid einflößte. Plötzlich wollte er sie in die Arme nehmen und zärtlich halten. Wie lange war es her, seit er Zärtlichkeit für einen Menschen empfunden hatte? Und jetzt überfiel ihn das Gefühl mit einer Macht, die ihn innerlich erbeben ließ.

Mandas Lächeln verblaßte. Ein unsicherer Ausdruck erschien in ihren Augen. »Warum siehst du mich so an?« Sie lachte zaghaft. »Du machst mir angst.«

Er lächelte beruhigend und ging rasch die wenigen Schritte, die sie trennten, auf sie zu. Dann strich er erstaunlich sanft über ihre Wange. »Nein«, sagte er leise. »Du bist nicht so schnell zu verängstigen.«

Sein Blick verriet die gleiche Zärtlichkeit, die sie in seiner Berührung spürte. Manda füllte sich davon eingehüllt wie von einer seidenen Decke. Mit zitternder Stimme sagte sie: »Es hat sich etwas verändert, nicht wahr? Du fängst an, mich zu mögen. Es ist nicht mehr nur Sex allein.«

Sein Lächeln vertiefte sich. »Es *ist* Sex. Aber du hast recht, es ist noch etwas anderes hinzugekommen.«

»Magst du mich?«

Das Wort war zu schwach, um die beinahe schmerzhafte Zärtlichkeit zu beschreiben, die er für sie empfand. »Ich mag dich sehr.«

Sie seufzte vor Erleichterung. »Gott sei Dank! Ich dachte, es würde viel länger dauern, bis es zum Durchbruch kommt. Es wäre wirklich Pech gewesen, mich in einen absolut unnachgiebigen Mann zu verlieben. Ich hatte schon Alpträume, in denen ich mich vergeblich bemühte, deine harte Schale zu durchbrechen.«

»Ich bin nicht hart, und auch nicht gefühllos«, antwortete er ruhig. »Vielleicht ein bißchen mißtrauisch, das ja. Ich habe mir oft gewünscht, härter zu sein. Es würde mir das Leben beträchtlich erleichtern.«

»Aber du würdest auch viel verpassen«, entgegnete sie ernst. »Und der Welt würden solch wundervolle Erlebnisse wie *Fulfillment* vorenthalten werden. Ein hartherziger Mann wäre nie imstande gewesen, einen Film von solcher Gefühlsstärke und Schönheit zu drehen.« Sie holte tief Atem und schaute Roman bittend in die Augen. »Ich würde lieber nicht sofort mit dir ins Bett gehen.«

Roman machte ein verblüfftes Gesicht. »Wie bitte?«

»Wenn du natürlich darauf bestehst, bin ich bereit dazu, aber . . .«

Roman lachte schallend. »Du bringst mich völlig aus dem Konzept, Manda. Zuerst machst du mir tausend Vorhaltungen, und im nächsten Augenblick bietest du mir an, auf einen Wink von mir mit mir ins Bett zu gehen.« Er wurde ernst. »Warum?«

Das neuerwachte Mißtrauen in seinen Augen erfüllte Manda mit beinahe quälender Zärtlichkeit. Was mochte es gewesen sein, was ihn so argwöhnisch gemacht hatte? »Weil ich verliebt in dich bin und der Ansicht, daß es besser ist, nichts zurückzuhalten, wenn man liebt. Meine herausfordernden Fragen habe ich gestellt, um mich zu vergewissern, daß du mich nicht fortschickst, sobald dein Verlangen nach mir befriedigt ist. Aber jetzt habe ich keine Bedenken mehr, denn du *magst* mich ja.«

»Eine gefährliche Philosophie«, entgegnete er schroff. »Wie kannst du dich in mich verlieben? Du weißt ja nicht mal, was für ein Mensch ich bin. Zwar hätte ich mein Versprechen, dich in Deadman's Ridge bleiben zu lassen, nicht gebrochen, aber ich war fest entschlossen, dich zu benutzen, Manda.«

»Ich weiß«, entgegnete sie schlicht. »Aber das ist nicht wichtig. Ich habe immer meinem Instinkt vertraut und sehe nicht ein, warum ich es jetzt nicht auch tun sollte. Es muß einen Grund haben, daß ich mich so stark zu dir hingezogen fühle. Jacto sagt, alles im Leben hätte seinen Grund.«

»Ich glaube, ich möchte diesen Jacto kennenlernen.«

»Das wirst du«, bestätigte sie eifrig. »Du sollst alle Menschen kennenlernen, die ich liebe. Meinen Vater, meine Schwestern, und viele Freunde, die dir sehr gefallen werden . . .«

Roman hob die Hand, um Manda zum Schweigen zu bringen. »Ich habe nicht die Absicht, mich zu dir nach Hause mitschleppen zu lassen, um deine Familie kennenzulernen.« Ein ungeduldiger Ton klang in seiner Stimme mit. »Verdammt, Manda, ich liebe dich nicht! Ich denke nicht daran, mich von deinen überschwenglichen Emotionen überrumpeln zu lassen.« Dann sagte er betont: »Jemanden zu mögen, heißt noch lange nicht, daß man ihn liebt, Manda.«

»Aber es ist ein Beginn. Du wirst feststellen, wie liebenswert ich sein kann. Den meisten Menschen wachse ich mit der Zeit ans Herz. Und über die Begegnung mit meiner Familie brauchst du dir momentan keine Sorgen zu machen. Aus bestimmten Gründen wäre es im Augenblick nicht empfehlenswert.« Sie schwieg einen Moment. »Gehen wir nun zusammen ins Bett oder nicht? Ich möchte dich wirklich besser kennenlernen, aber die Entscheidung liegt bei dir. Ich bin sicher, daß es eine angenehme Erfahrung sein wird.«

»Danke für das Vertrauen, das du in meine Fähigkeiten als Liebhaber setzt.« Ein schwaches Lächeln spielte um seine Lippen. »Ich habe das Gefühl, einer Prüfung unterzogen worden zu sein und gerade einen staatlichen Beglaubigungsstempel aufgedrückt bekommen zu haben.«

»Wozu brauche ich eine staatliche Beglaubigung? Ich sagte doch, daß ich mich auf meine Instinkte verlasse.« Sie fuhr nervös mit der Zungenspitze über ihre Lippen. »Nun?«

Ihr Tonfall verriet erwartungsvolle Spannung, und wieder stieg eine beinahe schmerzhafte Zärtlichkeit für sie in Roman auf. »Ich möchte dich nicht enttäuschen, was meine angebliche ›außergewöhnliche Feinfühligkeit‹ betrifft.«

Manda schlang ihm die Arme um den Hals und schmiegte sich fest an ihn. »Danke, Roman. Es wird nicht lange dauern, das verspreche ich. Ich weiß auch nicht, warum ich so nervös bin.«

Ihre vollen weichen Brüste lagen an seiner Brust, und durch das dünne Material der Kleidung, die sie trennte, konnte er ihre harten Brustwarzen spüren. Das Gefühl raubte ihm fast den Atem, er holte tief Luft, und die Muskeln in seinem Magen krampften sich schmerzhaft zusammen. Sanft schob er Manda fort.

»Wenn du möchtest, daß ich warte, dann faß mich lieber nicht an«, sagte er rauh. »Es fällt mir nämlich nicht leicht, mich zu beherrschen. Warum machst du dir jetzt nicht lieber dein Sandwich zurecht?«

»Na gut.« Sie begann, Butter auf das Brot zu streichen. Ihr war bewußt, daß sie sich mit ihrer üblichen Impulsivität in Romans Arme geworfen hatte, aber sie bezweifelte stark, es noch einmal mit der gleichen Natürlichkeit tun zu können. Ihr Körper hatte auf den flüchtigen Kontakt reagiert, als wäre sie mit elektrischem Strom in Berührung gekommen. »Ich habe gesehen, daß du ein drahtloses Telefon besitzt und ein Funkgerät, das im Schuppen neben dem Kantinenzelt steht. Würdest du mich meine Schwestern anrufen und ihnen deine Nummer geben lassen? Sonst muß ich nämlich alle zwei, drei Tage bis Coober Pedy fahren, um die Verbindung mit ihnen aufrechtzuerhalten. Ich verspreche dir, daß sie euch nicht stören werden, es sei denn, es handelt sich um einen Notfall.«

Roman nickte geistesabwesend. Sein Blick ruhte auf ihren stark geröteten Wangen. »Natürlich. Hast du eine gute Beziehung zu deinen Schwestern?«

»Ja.« Sie schaute auf und lächelte zärtlich. »Wir sind so unterschiedlich wie die Jahreszeiten, aber wir könnten uns nicht näher stehen. Ich vermute, daß unsere Beziehung so eng ist, weil wir auf Killaroo aufgewachsen sind. Wir hatten keine anderen Spielgefährten, deshalb blieb uns gar nichts anderes übrig, als miteinander zurechtzukommen.«

»Killaroo?«

»Unsere Schaffarm in New South Wales. Sie gehört schon seit vielen Generationen unserer Familie. Du solltest sie sehen!« Mandas Augen glühten vor Begeisterung. »Es ist wunderbar dort.«

Roman lächelte. »Schöner als Arnhem Land oder die Franklin Rapids?«

»Nein, aber Killaroo ist . . . anders.« Schlicht fügte sie hinzu: »Es ist mein Zuhause. Wo bist du zu Hause?«

Seine Miene wurde ausdruckslos. »Ich bin in Perth geboren.« Er ging zum Kühlschrank. »Ich hole dir den Käsekuchen.«

Er hätte genauso gut ein ›Betreten-Verboten-Schild‹ aufstellen können, dachte sie traurig. Aber sie hatte keinen Grund, sich zu beklagen. In der kurzen Zeit, die sie miteinander verbracht hatten, waren sie sich näher gekommen, als sie in ihren kühnsten Träumen für möglich gehalten hätte. Und dann, ganz plötzlich und unerwartet, hatte sich sein Gesicht wieder verschlossen, war es zu einer undurchdringlichen Maske geworden. Was hatte seinen Rückzug ausgelöst? Sie hatte etwas gesehen in seinem Gesicht . . . Instinktiv verdrängte sie den Gedanken. Wahrscheinlich war es ohnehin bloß Einbildung gewesen. Sie nahm sich vor, ihre Sorgen zu vergessen und Romans Gesellschaft zu genießen. »Schneide dir auch ein Stück ab, Roman. Ich esse nicht gern allein. Ich tue überhaupt nichts gern allein.«

»Nein? Das hätte ich mir denken können.« Er nahm den Kuchen aus dem Eisschrank. »Keine Angst. Ich lasse dich nicht allein.«

»Jemand hat dich gestern nacht beobachtet.«

Manda schaute von dem Plan der Mine auf, der vor ihr ausgebreitet lag, und sah Jacto fragend an. »Wer?«

»Keine Ahnung. Ich sah Fußabdrücke und fand vier Zigarettenkippen bei dem großen Baum am Bach.« Er deutete auf einen mit heller Rinde überzogenen Stamm mehrere hundert Meter entfernt. »Er muß ziemlich lange geblieben sein. Zuerst hat er gestanden, dann hockte er sich hin.«

»Bist du . . .« Sie brach ab. Natürlich war er sicher. Jacto war ein einzigartiger Spurensucher. »Jemand aus dem Filmteam?«

Jacto zuckte die Schultern. »Wer sonst? Aber keine Angst, Manda, heute nacht stelle ich fest, wer es ist, und dann werden wir auf der Hut vor ihm sein.«

»Nein!« versetzte Manda scharf. In Jactos Händen

waren Bumerang und Jagdmesser tödliche Waffen, aber er war ein alter Mann, und Manda wollte ihn nicht in Gefahr bringen. Die Vorstellung, daß nachts jemand um ihr Lager schlich, war beängstigend. »Es war sicher nur ein Neugieriger, der sehen wollte, was wir hier machen.«

Jacto warf ihr einen skeptischen Blick zu und antwortete nicht. Er wußte so gut wie Manda, welches Fieber der Gedanke an Edelsteine wie Opale bei manchen Leuten auslösen konnte. Wie viele Menschen waren aus diesem Anlaß hier am Ridge ermordet worden? Es bestand kein Grund anzunehmen, es könnte heute anders sein. Die Zeit verging, aber die menschliche Natur veränderte sich nicht.

Manda fuhr sich müde mit der Hand durchs Haar. »Du liebe Güte, das Opalvorkommen hier ist doch längst erschöpft. Glauben sie etwa, ich würde etwas Nennenswertes finden?«

»Du arbeitest hart. Da ist es ganz natürlich, anzunehmen, daß ein Grund für deinen Eifer besteht.« Er lächelte schwach. »Wie du sicher weißt, sind viele gute Opale in verlassenen Minen gefunden worden.«

»Wirf deinen Hut über die Schulter und grabe, wo er hinfällt«, entgegnete sie spöttisch. »Weißt du, ich fühle mich oft versucht, meine eigene Schwarze Flamme zu finden, wenn ich dort unten im Stollen bin. Es wäre weniger enttäuschend, als vergeblich nach Charlies Versteck zu suchen. Aber leider werden fünfundvierzigkarätige Opale nicht jeden Tag und nicht einmal in jedem Jahrhundert gefunden.«

Sie richtete ihren Blick wieder auf den Minenplan. »Es existieren nur noch zwei andere Tunnel. Mit diesem müßte ich Ende der Woche fertig sein.« Sie rieb sich müde ihren Nacken. »Weißt du, ich habe dort unten etwas sehr Trauriges entdeckt. Zeichnungen auf einer der Wände des Stollens. Nichts Besonderes, nur die groben Umrisse von Vögeln oder Bäumen. So ähnlich wie das, was deine Vorfahren in den Höhlen bei Kakadu zeichneten. Ich bin sicher, daß es Charlies Zeichnungen sind. Nach Mignons Tagebucheintragungen war er ein Künstler und wollte das Geld vom Verkauf des Opals dazu benutzen, nach Paris zu fahren und dort zu studieren. Kannst du ihn dir dort unten vorstellen, wie er im Schein der Laterne zeichnete, während er versuchte, sich vor der Gewalt und der Gier der Menschen zu schützen, die damals Deadman's Ridge bevölkerten?«

Sie schüttelte betrübt den Kopf. »Trotz allem ist auch er ein Opfer der herrschenden Gewalttätigkeit geworden. Ich glaube, bisher war Charlie so etwas wie ein Phantom für mich, eine Art Gespenst oder Karikatur, aber in letzter Zeit ist er sehr lebendig für mich geworden. Weißt du, daß er zur Zeit seiner Ermordung erst sechsundzwanzig Jahre alt war? Zwei Jahre älter als ich jetzt. Er hatte eine Frau und ein Kind, und er wollte *leben*. Als ich seine erste Zeichnung eines Vogels entdeckte, wäre ich fast in Tränen ausgebrochen.« Sie lachte beschämt. »Wie albern das klingen muß!«

»Du bist müde, Manda«, sagte Jacto mit abgewandtem Blick.

»Gehst du heute abend wieder zu Gallagher?«

»Sobald ich genügend Energie besitze, um mich bewegen zu können. Die Luft ist so feucht, daß ich kaum atmen kann.«

»Es wird bald besser werden. Es regnet noch vor Sonnenuntergang.«

Es fehlte nur noch eine Stunde bis zum Sonnenuntergang, und nicht eine einzige Wolke beschattete den strahlend blauen Himmel, aber Manda bezweifelte Jactos Prophezeiung nicht. Wenn er sagte, es würde regnen, regnete es. »Das wäre gut. Dann kühlt es sich vielleicht ein wenig ab.« Sie faltete die Karte zusammen und steckte sie in ihren Rucksack. »Warum begleitest du mich heute abend nicht? Ich möchte dir Roman vorstellen, und eine kräftige Mahlzeit würde dir auch guttun.«

»Nein.«

Manda seufzte. Jacto verhielt sich äußerst merkwürdig, seit sie vor drei Tagen bei Roman gewesen war. Der alte Mann weigerte sich konstant, sie in das Camp zu begleiten, um Roman kennenzulernen. Es lag keine Feindseligkeit in seiner Ablehnung, er schien einfach nichts mit Roman zu tun haben zu wollen.

»Dann bringe ich dir etwas mit. Ich werde vor zehn Uhr zurück sein.« Plötzlich runzelte sie die Stirn. »Geh bloß nicht auf die Jagd nach unserem Schnüffler, wenn ich fort bin.«

Jactos schwarze Augen verrieten nichts. »Warum sollte ein alter Mann wie ich in den Regen hinausgehen und eine Erkältung riskieren? Wie du schon sagtest, ist er vielleicht gar nicht gefährlich.«

»Jacto . . .« Sie sah ihm an, daß jedes weitere Wort sinnlos war. »Tu, was du willst. Das tust du ohnehin.«

»Du warst schon immer ein kluges Kind.«

Manda lächelte widerstrebend. »Ich bin fast vierundzwanzig Jahre alt, Jacto. Ich bin nicht mehr das achtzehnjährige Kind, das du in Arnhem Land kennenlerntest.«

»Du bist älter, aber ein Kind bist du immer noch.« Für einen flüchtigen Moment huschte ein melancholischer Ausdruck über Jactos altes Gesicht. »Jetzt noch.«

Sie schüttelte lachend den Kopf. »Für dich werde ich immer ein Kind bleiben, Jacto.« Sie winkte ihm zu. »Paß auf dich auf. Ich bringe dir einen Espresso von Roman mit.«

Ihr Lächeln verblaßte, während sie über das Feld zum Lager des Produktionsteams ging. Roman filmte heute hinter der westlichen Begrenzung des Ridge, und das Camp war leer und verlassen. Manda fühlte sich plötzlich sehr allein in der Stille des weiten, öden Landes, das sie umgab. Sie konnte sehen, wie der Himmel sich allmählich verdunkelte und von Westen her Wolken aufzogen.

Es ist nicht der einzige Sturm, der sich zusammenbraut, dachte sie. Seit drei Tagen baute sich eine prickelnde, erotische Spannung zwischen ihr und Roman auf, die jeden Augenblick zum Ausbruch kommen konnte. Manda fühlte sich hin- und hergerissen zwischen erwartungsvoller Erregung und einer merkwürdigen, für sie völlig uncharakteristischen Scheu. Sie war sicher gewesen, ihre Nervosität zu überwinden, sobald sie Roman besser kannte, aber statt dessen war das Gegenteil eingetreten.

Sie war jetzt froh, eine Atempause zu haben, und alles, was sie über Roman erfahren hatte, war sehr beruhigend. Hinter seiner Fassade des harten Zynikers verbarg sich ein Mann mit völlig anderen Eigenschaften. Er konnte sehr sanft sein und war einfühlsam und klug. Alles in allem war er so, wie sie sich einen Mann wünschte. Er führte sein Team mit Intelligenz, Entschiedenheit und bewies sehr viel Sinn für Humor. Sie wußte inzwischen auch, daß er leidenschaftlich gern Poker spielte, von seinem Beruf geradezu besessen war und mehr Geduld besaß, als sie je von ihm erwartet hätte. Und doch betraf alles, was sie über ihn erfahren hatte, ausschließlich die Gegenwart. Über seine Vergangenheit oder seine Familie hatte er bisher kein Wort verloren.

Wie konnte sie auch etwas anderes erwarten? Schließlich war sie selbst nicht völlig offen zu ihm gewesen.

Mehrmals hatte sie mit der Versuchung gekämpft, das Abkommen mit ihren Schwestern Sydney und Addie zu brechen und Roman zu erzählen, was sie, Manda, in Deadman's Ridge machte. Aber dann hatte sie es sich doch jedesmal im letzten Augenblick anders überlegt.

Ihre Beziehung zu Roman war neu und zerbrechlich. Was sie hingegen mit Sydney und Addie verband, wurzelte in einem ganzen Leben voller Vertrauen und Liebe. Das zu verraten, wäre sie nie fähig gewesen. Nicht einmal Roman zuliebe.

Ein entferntes Brummen erklang. Manda hob gespannt den Kopf. In der Wüste waren Geräusche meilenweit zu hören, und es konnte kein Zweifel bestehen, daß es ein Jeep war, der sich näherte. Manda suchte mit ihren Blicken den westlichen Horizont ab, aber außer dunklen Regenwolken war nichts zu erkennen. Dennoch klopfte ihr Herz erwartungsvoll. Sehen konnte sie ihn noch nicht, aber sie wußte, daß Roman auf dem Heimweg war. Unbewußt beschleunigte sie ihren Schritt, als sie auf sein silberglänzendes Wohnmobil zuging. Er war auf dem Weg zu ihr!

# 4

Manda lief Roman entgegen, als sein Jeep neben dem Caravan hielt. »Es kommt ein Sturm auf«, sagte sie atemlos.

»Ich weiß.« Er stieg stirnrunzelnd aus. »Deshalb haben wir alles zusammengepackt und sind früher zurückgekommen. Sonst hätten wir nämlich noch eine gute Stunde weiterdrehen können.«

»Ich habe noch nie ein Gewitter in der Wüste erlebt«, bemerkte Manda. Ihre Augen glänzten vor Erregung. »Du?«

»Ein, zweimal.« Sein Stirnrunzeln wich einem nachsichtigen Lächeln, als er ihre vor Aufregung geröteten Wangen sah. »Soll das heißen, daß es tatsächlich noch Dinge gibt, die du noch nicht erlebt hast?«

»Eine ganze Menge, Roman. Aber das kann warten.« Sie stieg in den Jeep. »Komm! Laß uns dem Gewitter entgegenfahren.«

»Manda, die Straße ist nicht asphaltiert. Wir können von Glück sagen, wenn wir nicht im Schlamm steckenbleiben und die Nacht draußen im Sturm verbringen müssen.«

»Na und?« Sie hob den Kopf und fuhr mit der Hand durch ihr Haar. Die leichte Brise, die ihre Wangen streifte, war kühl und feucht und roch stark nach Eukalyptus. »Ich möchte es mittendrin erleben. Mit dir. Bitte, Roman.«

Ein schwaches Lächeln spielte um seinen Mund. »Ich muß verrückt sein. Weißt du, wie müde ich bin, was für einen Hunger ich habe und . . .« Er brach kopfschüttelnd ab, kletterte in den Jeep und startete den Motor. »Und trotzdem fahre ich mit dir hin.«

Manda lachte. »Ich wußte es! Du wirst schon sehen, es wird dir genauso viel Spaß machen wie mir.«

Er grinste vielsagend. »Worauf du dich verlassen kannst!«

Dann legte er den Rückwärtsgang ein und hob grüßend die Hand, als sie an einem anderen Jeep vorbeikamen, in dem Brent und Dennis saßen. »Auch auf die Gefahr hin, daß mein gesamtes Team mich für völlig ausgeflippt hält.« Er gab Gas, und der Jeep machte einen Satz nach vorn.

Die Geschwindigkeit des Jeeps, das rauhe Gelände unter den Rädern, der feuchte Wind, der an Mandas Haar zerrte . . . es war einfach wunderbar! Blitze zuckten zwischen den dunklen Wolken auf, und weit und breit war nichts als ödes, einsames Land zu sehen. Manda hatte den Eindruck, ganz allein auf der Welt zu sein, und doch hatte sie sich nie vitaler und lebendiger gefühlt.

Sie sprang plötzlich auf und hielt sich mit beiden Händen an der Windschutzscheibe fest. Ohne die schützende Barriere war der Wind so stark, daß Manda das Gefühl bekam, er müsse ihr jedes einzelne Haar vom Kopf reißen.

»Setz dich um Himmels willen hin! Wenn wir auf ein Schlagloch treffen, wirst du hinausgeschleudert.« Roman streckte eine Hand aus und zog sie auf ihren Platz zurück. Aber er lächelte dabei, und in seinen dunklen Augen stand die gleiche Begeisterung wie in ihrem lachenden Gesicht.

»Ich liebe es!« schrie sie über das Dröhnen des Motors und das Heulen des Sturms. »Es ist phantastisch, Roman!«

»Ich weiß.«

»Und dir gefällt es auch. Das kann ich sehen. Sag es mir, Roman.«

»Ich liebe es!« schrie er, und sein Lachen hallte durch die Wüste und vereinte sich mit Donnergrollen und Sturmgeheul.

Der Regen kam so plötzlich, als hätte der Himmel seine Schleusen geöffnet. Innerhalb von Sekunden waren Manda und Roman bis auf die Haut durchnäßt, und die Straße vor ihnen hatte sich in einen zimtfarbenen, reißenden Fluß verwandelt.

Es war wunderbar. Das beinahe schmerzhafte Prasseln des Regens auf der Haut steigerte höchstens die Erregung des Moments. »Laß uns weiterfahren. Ich möchte nie wieder anhalten . . .« Sie brach ab, als der Jeep ins Schleudern kam und auf den Straßenrand zuschlidderte.

Eine Sekunde später hatte Roman ihn wieder unter Kontrolle. Er keuchte heftig, und die Knöchel an seinen Händen, die das Steuerrad umklammerten, schimmerten weiß vor Anstrengung. Sein dunkles Haar klebte naß an seiner Stirn, und dicke Regentropfen liefen über seine Wangen in seinen Hemdkragen. »Jetzt ist es genug.« Er wendete den Wagen. »Mir reicht's. Wir fahren ins Lager zurück.«

»Nein. Ich will . . .«

»Wir fahren zurück«, unterbrach er sie grob. »Verdammt, wir hätten uns gerade fast überschlagen, Ich hätte dich *umbringen* können, und trotzdem willst du weiterfahren!«

Manda lachte glücklich. Ihr Gesicht war feucht vom warmen Frühlingsregen, das Haar fiel ihr schwer und naß auf die Schultern, sie fühlte sich wild und frei, und Roman war vor Besorgnis ganz blaß geworden und hatte sie angeschrien! Das Wissen, daß sie ihm genug bedeutete, um sich um sie zu sorgen, war noch wundervoller als die Erfahrung, durch den strömenden Regen zu rasen! »Na schön, fahren wir zurück. Aber deshalb brauchtest du dich nicht gleich so aufzuregen.«

»Aufregen? Verdammt, du hättest . . .« Er verstummte und holte tief Luft. »Könntest du bitte den Mund halten, bis wir das Lager erreicht haben, Manda? Ich habe genug damit zu tun, den verflixten Jeep auf der Staße zu halten, ohne auch noch mit dir diskutieren zu müssen.«

»Wie du willst.« Sie senkte den Blick. »Aber was habe ich eigentlich getan, um dich so in Wut zu bringen?«

Er warf ihr nur einen zornigen Blick zu und fluchte verhalten.

Dennis kam aus dem Kantinenzelt, als sie ins Lager einbogen, und verzog verärgert das Gesicht, als von den Rädern des Jeeps Schlamm auf seine Hosen spritzte. »Verdammt, Roman, ich bin auch so schon pitschnaß! Da brauchst du mich nicht auch noch in Schlamm zu baden.«

Roman stoppte den Jeep vor seinem Wohnmobil und drehte den Zündschlüssel um. »Entschuldige«, sagte er schroff. »Wenn du nicht naß werden willst, dann bleib drinnen. Die ganze verdammte Wüste ist ein einziger See.«

Dennis zog die Brauen hoch. »Du bist etwas empfindlich heute, was? Ich habe auf dich gewartet, weil ich mit dir reden muß. Kannst du mir sagen, wie ich vier Kamele in meiner Cessna unterbringen soll? Sie ist schließlich kein Transportflugzeug.«

Roman runzelte die Stirn. »Rede keinen Unsinn. Ich habe nie verlangt, du solltest die Kamele einfliegen. Sie werden von Sydney aus mit einem Lastwagen hergebracht. Wer hat behauptet, ich hätte angeordnet . . .«

Dann brach er kopfschüttelnd ab. »Es war Brent Penrose, nicht wahr?«

Dennis nickte. »Ich hätte mir denken sollen, daß er mich nur zum Narren halten wollte.« Er schaute Manda an, die schallend lachte. »So witzig ist es auch wieder nicht!« meinte er beleidigt.

»Entschuldige, Dennis.« Manda stieg rasch aus und gab ihm einen Kuß auf die Wange. »Ich stellte mir nur gerade vor, wie du Babysitter für vier Kamele spielst.« Sie brach von neuem in Gelächter aus und drehte Dennis im Kreis herum, bevor sie ihn losließ. »Außerdem geht es mir blendend heute. Ist es nicht ein herrlicher Tag?«

Es donnerte, es goß in Strömen, und sie waren alle bis auf die Haut durchnäßt. Aber Dennis nickte, obwohl er Manda verdutzt anstarrte. »Ein wundervoller Tag für eine Ente.«

»Aber ich bin keine Ente.« Sie entfernte sich von ihm und streckte die Arme aus, als wollte sie fliegen. »Ich bin ein Schwan. Habe ich dir eigentlich schon erzählt, Roman, wie sehr meine Schwester Sydney Schwäne liebt?«

»Nein.« Er betrachtete sie mit dem gleichen verwunderten Gesichtsausdruck wie Dennis.

»Ja, sie ist ganz verrückt nach ihnen.« Sie drehte sich im Kreis. »Nach schwarzen Schwänen.«

»Deine Federn werden naß, Frau Schwänin«, sagte Roman grob. »Geh lieber hinein und lasse sie trocknen.«

Sie lächelte strahlend. »Gut.« Dann sprang sie die Metallstufen hinauf und verschwand im Inneren des Wohnmobils.

Beide Männer schauten ihr einen Moment schweigend nach.

Dennis lachte. »Habe ich dir nicht gesagt, daß sie eine Lorelei ist?«

Roman schüttelte langsam den Kopf. Indem er die Lider senkte, verbarg er den Ausdruck in seinen Augen. »Nein, du irrst dich. Sie ist keine Lorelei.« Er ging um den Jeep herum zum Caravan. »Sie ist Peter Pan.«

Als Manda aus dem Badezimmer kam, ein großes weißes Badetuch um ihr nasses Haar geschlungen, betrat Roman den Wohnwagen. Sie warf ihm das andere Handtuch zu, das sie über dem Arm trug.

»Ich dachte, du würdest sicher auch gern deine Federn trocknen. Wir sind beide so naß, daß wir Pfützen hinterlassen. Was hat diese Geschichte mit den Kamelen zu bedeuten?«

Roman fing das Handtuch auf und wischte über sein nasses Gesicht und sein Haar. »Der Film soll so realistisch wie möglich werden. Sehr viele Gold- und Opalsucher benutzten früher statt Eseln und Pferden Kamele als Lasttiere.« Er lächelte. »Ich kann Dennis' Empörung über die Vorstellung, seine geliebte Cessna mit vier Kamelen teilen zu müssen, sehr gut verstehen. Es sind launische, mürrische Tiere, mit denen selbst ihr Trainer erhebliche Schwierigkeiten hat. Ich vermute, daß Dennis schon auf dem Weg zu Brent ist, um sich für den schlechten Scherz zu rächen.«

»Wie macht sich Brent? Bist du zufrieden mit ihm?«

Roman warf ihr einen mißtrauischen Blick zu. »Was soll die Frage? Willst du sein Angebot vielleicht doch noch annehmen?« Ein beinahe wilder Ausdruck erschien sekundenlang in seinen dunklen Augen. »Falls es nämlich so sein sollte, dann vergiß es. Mag sein, daß ich nicht so attraktiv wie Penrose bin, aber du wirst dich trotzdem mit mir zufriedengeben müssen. Ich lasse dich jetzt nicht mehr fort.«

Mandas Augen weiteten sich vor Erstaunen. Ihre Frage war völlig unschuldiger Natur gewesen; mit einer derart heftigen Reaktion hatte sie wirklich nicht gerechnet. »Ich wollte nur wissen, wie er sich als Schauspieler macht, Roman, und nicht, ob ich mit ihm ins Bett gehen darf.« Sie hob ärgerlich das Kinn. »Glaubst du etwa, ich würde dich um Erlaubnis bitten? Ich entscheide selbst, was ich mit meinem Leben anfange.«

Er runzelte die Stirn. »Das brauchst du mir nicht zu sagen. Du ziehst durchs Land wie ein Vagabund, machst Wildwasserfahrten und . . .« Sein Stirnrunzeln vertiefte sich. »Was findest du so amüsant?«

»Ich lache nur, weil du mich mit einem Landstreicher vergleichst. Weißt du, wie ich heiße?«

»Manda Delaney.«

Sie schüttelte den Kopf. »Matilda. Mein Vater nannte mich so nach der inoffiziellen australischen Nationalhymne. Er ist der patriotischste *Aussie,* dem ich je begegnet bin. Meine beiden Schwestern hatten mehr Glück. Ihnen gab er nur die Namen der beiden größten Städte – Sydney und Adelaide.« Sie rümpfte die Nase. »Welches Kind erträgt schon den Namen Matilda? Als ich sechs war, habe ich allen klargemacht, daß Matilda in Zukunft nicht mehr existiert, daß es nur noch Manda gibt.«

Der zornige Ausdruck auf Romans Gesicht verblaßte allmählich. »Ich würde sagen, das ist mehr als genug.«

Sie nickte. »Ich war ein ziemlich unruhiger Geist.«

»Das bist du heute noch.« Er kam auf sie zu. »Bück dich und laß mich dein Haar trockenreiben. Du tupfst ja bloß daran herum.«

Sie beugte sich gehorsam vor, und er schlang das Tuch um ihren Kopf. Dann begann er eine gründliche

Massage, die fast schon grob zu nennen war. »Au! Ich komme mir vor wie ein Lamm beim Scheren!«

»Hör auf zu meckern. Ich versuche nur, dich vor einer Lungenentzündung zu bewahren.«

»Und es macht dir großen Spaß.« Sie schwieg einen Moment, dann sagte sie nachdenklich: »Bist du noch böse auf mich?«

Seine Hände hielten einen Moment inne, dann massierte er weiter. »Möglich.«

»Warum? Das ist sehr unvernünftig von dir.«

Seine Antwort war so leise, daß sie durch das Handtuch kaum zu verstehen war. »Ich bin eifersüchtig wie der Teufel, Manda, und von eifersüchtigen Männern kann man keine Vernunft erwarten.«

Sie versuchte, den Kopf zu heben. »Halt still!«

»Ich will dein Gesicht sehen.«

»Dieses ästhetische Vergnügen kann warten«, erklärte er bitter.

»Roman . . . ich begreife es nicht. Du bist einer der selbstsichersten Menschen, die ich kenne. Eifersucht paßt überhaupt nicht zu dir.«

»Es gibt Augenblicke, wo ich meiner überhaupt nicht sicher bin. Das solltest du wissen. Ich kann eifersüchtig sein und besitzergreifend und sehr viel barbarischer, als du dir vorstellen kannst. Einige der Dinge, die ich empfinde, sind genauso häßlich wie das, was du von außen an mir siehst.«

Manda schob das Handtuch beiseite und schaute zu ihm auf. »Du bist nicht . . .«

»Lüg mich nicht an.« Seine Augen blitzten drohend. »Ich weiß, wie ich aussehe. Ich habe es längst akzeptiert. Ich will dir damit nur sagen, daß du vorsichtig sein sollst.« Er warf das Handtuch beiseite und riß Manda in seine Arme. »Denn du gehörst zu den Dingen im Leben, die mich zu völlig unzivilisiertem Verhalten veranlassen können.«

Er preßte seine Lippen so leidenschaftlich auf ihren Mund, daß ihr der Atem stockte und ihre Knie nachgaben. Eine pochende Hitze breitete sich in ihrem Körper aus. Als ihre Brüste seinen harten Brustkasten berührten, wurden sie extrem empfindsam. Romans Lippen glitten über ihren Hals, dann küßte er sie auf den Nacken. Ein heftiges Erschauern ging dabei durch seinen Körper, und Manda spürte, wie sich seine Muskeln verkrampften. »Ich möchte in dir sein und nie wieder herauskommen«, murmelte er, während er seine Zungenspitze verlangend über ihre Kehle gleiten ließ. »Ich möchte dich unter mir zerbrechen und . . . Sag mir, ich soll aufhören. Ich will dir *wehtun,* verdammt!«

Seine Stimme ging ihr durch und durch, so eindringlich war sie. »Nein, hör nicht auf, Roman.« Sie drängte sich an ihn und spürte, wie von neuem ein Zittern durch seinen Körper lief. »Aber ich möchte nicht, daß du mich im Zorn nimmst. Warum willst du mir wehtun?«

»Geh.« Aber während er es sagte, schloß er sie noch fester in die Arme. »Ich will das nicht. Ich will nicht, daß jemand die Macht besitzt, mich innerlich derart aufzuwühlen.« Seine nächsten Worte kamen zögernd und halb erstickt. »Ich habe irrsinnige Angst, Manda. Ich glaube, ich würde lieber zuschlagen, bevor du mir zu nahe kommst. Niemand soll die Macht haben, mich zu verletzen.«

Mandas Augen brannten vor Tränen, sie empfand plötzlich eine überwältigende Zärtlichkeit für Roman. Sein Geständnis war grob, ungeschickt und doch so rührend gewesen. »Ich werde dich nie verletzen. Ich möchte nur von dir geliebt werden. Hab Vertrauen zu mir, Roman.«

Er schob Manda fort, um sie anzusehen; sein eigenes Gesicht war verzerrt und blaß. »Ich glaube, es geht nicht anders«, sagte er, heiser vor Gefühl. »Aber der Himmel sei dir gnädig, wenn du mich verrätst, Manda. Ich weiß nicht, was ich täte, wenn ich herausfände . . .«

Sie legte ihm einen Finger auf die Lippen. »Keine Drohungen«, flüsterte sie. »Keine Gewalt. Nur Liebe.«

Seine Augen verrieten den inneren Aufruhr, der in ihm tobte, als er sanft ihre Finger in seinen Mund nahm. Er saugte sanft an ihnen und ließ seine Zungenspitze darüber gleiten.

Manda stockte der Atem; ihr war plötzlich, als sei sie meilenweit gerannt. Die zarte Berührung seiner Zungenspitze entzündete ein Feuer in ihr, das wie flüssige Lava durch ihre Adern floß und ihren ganzen Körper entflammte.

Roman musterte sie mit sinnlichen Blicken. Dann gab er ihre Hand frei. »Du schmeckst gut«, sagte er heiser. »Ich glaube, ich möchte noch sehr viel mehr von dir probieren.«

Manda wollte etwas sagen, aber ihre Sinne waren wie betäubt. Sie konnte Roman nur hilflos anstarren.

Seine Hände glitten zu den Knöpfen ihrer Khakishorts. »Du bist ganz durchnäßt. Laß dir diese Sachen ausziehen.« Mit bebenden Fingern zog er ihren Reißverschluß herunter. »Ist dir kalt?«

»Nein«, erwiderte sie gepreßt. »Aber mach schnell.«

»Ich habe es nicht eilig.« Sein Blick ruhte auf ihren vollen Brüsten, die sich deutlich unter dem nassen T-Shirt abmalten. »Ich habe in den letzten fünf Nächten wachgelegen und an all das gedacht, was ich mit dir tun möchte. Ob es mir gelingen wird, weiß ich nicht, aber es soll alles im Zeitlupentempo geschehen.«

Er zog ihr langsam das Hemd über den Kopf. Dann

öffnete er den Verschluß ihres BHs. »Du kannst dir gar nicht vorstellen, wie sexy du aussahst, als du aufrecht im Jeep gestanden hast, das Haar vom Wind zerzaust und mit einem Gesichtsausdruck, als wolltest du die ganze verdammte Welt umarmen. Einen schöneren Anblick hatte ich noch nie gesehen.« Er streifte ihr die Träger des BHs sanft über die Arme. Sein Blick blieb auf den sanften Rundungen ihrer Brüste hängen, und sein Atem ging automatisch schneller und flacher. »Am liebsten hätte ich angehalten und dir mitten im Regen und im Sturm die Kleider vom Leib gerissen. Ich war so erregt, daß ich dachte, ich müßte sterben.«

Während er sprach, knöpfte er sein Hemd auf und streifte es über seine Schultern. »Ich konnte nur daran denken, wie es sein wird, wenn ich in dir bin . . . Ich bin sicher, du bist wie Seide und . . . *Komm her.*« Er zog sie an sich.

Manda atmete tief ein. Empfindungen, die sie nie gekannt hatte, überfielen sie mit aller Macht. Sie spürte das lockige, dunkle Haar seiner Brust an ihren empfindsamen Brustspitzen, seine kräftigen, muskulösen Schenkel an beiden Seiten ihrer eigenen, sein Glied an der empfindsamsten Stelle ihres Körpers.

»Willst du mich?« fragte er rauh. »Ich werde wahnsinnig, Manda. Wenn du mich nicht wirklich willst, dann sag es lieber gleich.« Sein Herz pochte wild an ihrer Brust. »Ich kann mich nicht viel länger zurückhalten.«

Zurückhalten! Für Manda brauchte er sich nicht zurückzuhalten. Wie konnte er noch daran zweifeln, daß sie ihn begehrte, wenn sie wie Wachs in seinen Armen war? »Roman, du Idiot, natürlich will ich dich!«

Die aufreizenden Bewegungen seiner Hüften an ihrem Körper erfüllten Manda mit pulsierender Erregung. »Sag mir, was ich tun soll«, flüsterte er. »Magst du das?«

»Ja.« Sie ließ ihre Hände über seinen Rücken gleiten, betastete die Muskelstränge an seinen Schultern, und öffnete unbewußt die Beine. »Ich glaube, ich . . .« Sie schloß die Augen und umklammerte seine Schultern, als der Druck in ihrem Magen fast unerträglich wurde. »Nein, vielleicht doch nicht. Es tut weh . . .«

»Dann lieber hier?« Er strich sanft über ihren Bauch und lachte, als ihre Muskeln sich unter seiner Hand zusammenzogen. Er ließ die Hand tiefer gleiten, bis zu dem seidigen, weichen Haar, das ihre Weiblichkeit umschloß. »Oder hier?«

Manda schwankte und sank mit einem leisen Aufschrei gegen Roman. Jede Bewegung seiner sensiblen, erfahrenen Finger löste eine Art elektrischen Impuls in ihr aus. Sie schaute ihn verlangend an. Sein Gesicht war nur Zentimeter von ihrem entfernt, und ein sinnlicher Zug lag um seinen Mund.

»Und wie ist es hier?«

Sie stöhnte auf und erbebte heftig. Seine Finger . . . Sie blieb stocksteif stehen, unfähig, sich zu rühren, und starrte Roman wie hypnotisiert in die Augen. Nicht einmal ein Erdbeben hätte sie in diesem Augenblick zu einer Bewegung veranlassen können. Aber ein Erdbeben war auch nichts im Vergleich zu dem, was sich in ihrem Körper abspielte.

»Sag mir, was du willst.« Seine Stimme war wie Samt, verführerisch und lockend. »Ich weiß, daß Worte dich erregen. Sag mir diese Worte, Manda.«

»Ich möchte dich . . . in mir spüren.« Sie hielt den Atem an, als eine Welle alles versengender Hitze durch ihren Körper schoß. Er hatte recht. Es auszusprechen, erhöhte ihre Erregung sehr. »Ich möchte deine Zunge auf meinen Brüsten fühlen.« Wieder zog sich ihr Magen beinahe schmerzhaft zusammen, und ihr Atem kam in kurzen, flachen Zügen. »Roman, ich kann nichts mehr sagen. Ich kann nicht . . .«

»Ich auch nicht, Manda!« Er nahm seine Hand fort, und einen Moment später glitten ihre Khakishorts und ihr Slip zu Boden. Roman hob sie auf die Arme und trug sie ins Schlafzimmer.

»Meine Tennisschuhe«, sagte sie vage. Es kam ihr irgendwie ein bißchen komisch vor, völlig nackt zu sein, aber noch die Schuhe an den Füßen zu haben.

»Überlaß das mir«, meinte er, während er Manda sanft auf das schokoladenbraune Satinlaken legte. »Ich kümmere mich um alles.«

Er war bereits dabei. Die Tennisschuhe landeten auf dem Boden, dann zog er rasch seine Kleider aus. Im Halbdunkel des Wohnmobils ragte sein Körper vor Manda auf wie ein riesiger Schatten. Romans breite Schultern gingen in eine schmale Taille und schmale Hüften über, seine muskulösen Oberschenkel verrieten die Kraft, die in seinem Körper steckte.

Manda kam sich sehr klein und hilflos vor, als sie vor ihm lag. Komisch. Sie hatte sich in ihrem ganzen Leben noch nie hilflos gefühlt. Oder ging es vielleicht allen Frauen so in diesem letzten Augenblick, kurz vor der totalen Hingabe?

Jedes einzelne Detail ihrer Umgebung war ihr auffallend bewußt. Sie hörte das Trommeln des Regens auf dem Dach, spürte den kühlen Satin unter ihrem nackten Körper und sah den silbernen Schimmer eines Spiegels hinter Romans Schulter.

»Du bist so winzig«, sagte er. »Bisher ist mir nie aufgefallen, wie klein du bist.« Sein Tonfall bewies, daß er ihre Gedanken erraten hatte. »Ich weiß, daß ich ein großer Mann bin, und werde mir Mühe geben, dir nicht weh zu tun. Hab keine Angst, Manda.«

Ihre Unsicherheit verging bei seinen warmen, zärtlichen Worten. Sie streckte die Arme nach ihm aus. »Ich habe keine Angst, ich könnte nie Angst vor dir haben.« Sie lachte sinnlich heiser. »Meine einzige Befürchtung ist, daß du dich nicht beeilen wirst.«

Seinen Gesichtsausdruck konnte sie im Halbdunkel nicht erkennen, aber sie wußte, daß er lächelte. Das Lächeln klang in seiner Stimme mit, als er sich neben ihr auf das Bett setzte. »Mach dir keine Sorgen. Ich könnte mich gar nicht mehr zurückhalten, selbst wenn du mich darum bitten würdest.« Seine große Hand umfaßte ihre Brust. »Du hast einen wunderschönen Busen. Du solltest nie etwas anziehen, was ihn verbergen könnte. Am liebsten würde ich dich in einer luxuriösen Suite gefangen halten, zu der nur ich Zugang hätte. Ich würde dich in Seide und Samt kleiden, aber alles wäre darauf zugeschnitten, deine Brüste zu zeigen.« Er legte zärtlich seine Hand auf ihre linke Brust.«

Manda stöhnte leise. Sie hatte damit gerechnet, und doch war seine warme Hand auf ihrer Haut ein sinnlicher Schock. Er zögerte, und sie spürte seinen Blick auf ihrem Gesicht. »Ich habe dir doch nicht weh getan?«

»Nein.« Sein Daumen kreiste um ihre Brustspitze. Manda biß die Zähne zusammen, um nicht laut aufzustöhnen. »Du hast eine sehr erotische Phantasie, Roman.«

Er senkte den Kopf. »Du konntest die Worte nicht aussprechen, deshalb sage ich sie für dich. Meinst du, du würdest dich gern so für mich anziehen? Kannst du dir vorstellen, mich hereinkommen zu sehen und mir entgegenzugehen? *Ich* würde sehr schnell gehen, weil ich den ganzen Tag nur daran gedacht hätte, daß du auf mich wartest. Sobald ich die Suite beträte, wäre ich am Rande meiner Beherrschung angelangt.« Er küßte flüchtig ihre aufgerichteten Brustspitzen. »So wie jetzt.« Er ließ langsam seine Zungenspitze um ihre rosigen Knospen kreisen.

»Du zitterst. Ich zittere auch, Darling. Reizt es dich, zu wissen, daß ich dich nur anzufassen brauche, um zu zittern?« Er spann seine erotische Geschichte noch weiter aus, unterstrich sie mit lustvollen Liebkosungen seiner Zunge und dem sanften Druck seiner Zähne. »Ich würde mir Zeit nehmen, deine Brüste zu genießen, Darling, weil sie so wahnsinnig schön sind, aber lange würde ich es sicher nicht aushalten können. Ich würde dich auf das weiße Fell vor dem Kamin ziehen und mich auf dich legen.«

Er beugte sich über Manda und spreizte ihre Schenkel. »Ich wäre wahnsinnig vor Verlangen in diesem Moment, würde deinen seidenen Rock hinaufschieben und . . .« Seine Finger massierten, streichelten, liebkosten ohne Unterlaß. Manda bog sich ihm stöhnend entgegen. »Ich würde warten, bis du bereit für mich wärst, aber ich weiß nicht, ob ich soviel Geduld aufbrächte. Ich wäre ganz wild nach dir, würde ein schon schmerzhaftes Ziehen in den Lenden spüren und könnte nur daran denken, wie schön es sein muß, in dir zu sein. Dich ganz auszufüllen, dir alles von mir zu geben.« Er glitt behutsam zwischen ihre Schenkel. Manda biß die Zähne zusammen und hielt den Atem an, als sie die Stärke seiner Erregung spürte.

Roman verhielt sich ganz still. Ein Beben ging durch seinen Körper. »Ende des Films«, sagte er gepreßt. »Der Rest ist Wirklichkeit. Einverstanden, Manda?«

Das Atmen fiel ihr so schwer, daß ihre Antwort wie ein Wispern klang. »Einverstanden.«

»Willst du mich in dir haben?«

Wußte er denn immer noch nicht, daß es genau das

war, was sie sich am leidenschaftlichsten wünschte?
»Ja.« Sie befeuchtete ihre Lippen. »O ja, Roman . . .«

Er machte eine ungestüme Bewegung. Ein heftiger, durchdringender Schmerz ließ Manda aufschreien, dann spürte sie nur noch, wie Roman die quälende Leere in ihr ausfüllte und empfand eine wilde Befriedigung dabei.

Aber er erstarrte plötzlich. »Manda?«

»Schon gut, Roman. Es geht wieder.« Sie schlang ihm die Beine um die Hüften und umarmte ihn. »Ich war nur ein bißchen überrascht.«

»Da bist du nicht die einzige.« Ein grimmiger Ton klang in seiner Stimme mit, und wieder ging ein Beben durch seinen Körper. Er bewegte sich verlangend in ihr. »Was soll ich jetzt tun?«

»Mach weiter.« Manda preßte ihre Zähne an seine Schulter. Das Sprechen fiel ihr schwer. Es war ein überwältigendes Gefühl, ihn in sich zu spüren, mit ihm vereint zu sein. »Um Himmels willen, mach endlich weiter!«

»Ich glaube, ich kann gar nicht anders.« Seine Stimme klang geradezu verzweifelt. »Lieber Himmel, ich kann nicht mal mehr denken!«

Sie küßte zärtlich seine Schulter. Seine Haut war glatt und schmeckte salzig. »Hm, ich mag deinen Geschmack auch. Vielleicht kann ich später . . .« Sie vergaß, was sie sagen wollte, denn er bewegte sich und drang mit einer heftigen Bewegung noch tiefer in sie ein. Sie erschauerte unter seinen kräftigen Stößen, stöhnte laut und murmelte zärtliche, sinnlose Worte vor sich hin.

Irgendwo über sich konnte sie Romans Atem hören, und sie hätte gern sein Gesicht gesehen. Er war ganz tief in ihr, dann noch tiefer, und sie öffnete den Mund zu einem stummen Schrei, um die Spannung zu lösen. Es war zuviel, und doch nicht genug. Pochendes, drängendes Verlangen. Lust. Schönheit. Hitze. Sie warf hilflos den Kopf von einer Seite zur anderen. »Roman . . .« Es war eine geflüsterte Bitte.

»Bald«, erwiderte er mit zusammengebissenen Zähnen. »Paß dich meinen Bewegungen an.« Er schob die Hände unter ihren festen Po und hob ihn bei jedem Stoß an. »Gib mir alles, Manda. Halte nichts zurück.«

Sie gab es ihm so freigiebig, daß sie glaubte, dabei sterben zu müssen. Die Spannung in ihren Lenden wuchs und wuchs, verwandelte sich in fieberhafte Ungeduld. »Mehr!« forderte Roman in heiserem Ton. »Noch viel mehr, Manda.«

Doch sie hatte nicht mehr zu geben und überließ sich nun ganz der blinden Ekstase, die sie überfiel. Aber es war keine befreiende Erfahrung. Während Manda unter Roman erbebte und Wellen der Lust durch ihren Körper gingen, fühlte sie sich ihm nur noch ausgelieferter und mehr an ihn gebunden, als je zuvor.

Mit einem leisen Aufschrei erreichte auch Roman den Gipfel der Lust, und Manda spürte, wie er seine Lippen auf ihren Hals preßte.

Es mochten Minuten oder Stunden vergangen sein, bevor Mandas Bewußtsein in die Wirklichkeit zurückkehrte. Ihr Herz hämmerte noch immer wie wild in ihrer Brust, und sie war zu träge, um ihre Augen zu öffnen. Sie wollte bleiben, wo sie war. Für immer.

»Ich ersticke dich«, sagte Roman plötzlich. »Obwohl ich nicht verstehe, warum ich mir darüber Sorgen mache, nachdem ich dich fast zerrissen habe.« Seine Stimme klang, als verachtete er sich sehr. »Und dabei hatte ich dir versprochen, behutsam zu sein. Habe ich dir sehr weh getan?«

»Kaum, nach dem ersten . . .« Sie öffnete die Augen. »Und wenn schon – schließlich habe ich es selbst herausgefordert«, entgegnete sie lächelnd. »Wie ich dich immer herausfordern werde, Roman.«

Er rollte sich zur Seite, schwang die Beine auf den Boden und setzte sich neben Manda auf die Bettkante. »Warum, Manda?« fragte er gespannt, die Hände zu Fäusten geballt.

»Warum ich noch Jungfrau war?« Sie zuckte mit den Schultern. »Ich weiß nicht . . .« Sie brach ab. »Doch, vielleicht weiß ich es jetzt. Es war mir schon immer klar, daß eines Tages ein großes Abenteuer auf mich wartete. Zwar bin allen Abenteuern und aufregenden Erlebnissen nachgerannt, die sich mir boten, aber all das hat nur zu diesem Erlebnis mit dir geführt. Warum hätte ich das wirklich echte Abenteuer nicht riskieren sollen, als ich Gelegenheit dazu bekam?«

»Das wirklich echte Abenteuer?«

»Liebe«, entgegnete sie schlicht.

Roman schwieg einen Moment, als suchte er nach Worten. »War es dir wirklich ernst gemeint, als du sagtest, du wärst in mich verliebt?«

»Glaubst du mir immer noch nicht?«

»Ich fange an, zu glauben, daß du davon überzeugt bist«, wich er aus.

»Natürlich. Anfangs war ich selbst ziemlich skeptisch, aber ich glaube, es liegt bei uns in der Familie.«

»Was liegt bei euch in der Familie?«

»Mein Vater erzählte mir, er habe gleich gewußt, daß er meine Mutter liebte, als er ihr zum ersten Mal begegnete. Es geschah bei der Besichtigung eines Weinguts im Süden. Er sah sie und war gleich bis über beide Ohren verliebt.« Manda nahm zärtlich Romans Hand und drückte sie. »Es muß Vererbung sein.«

»Aha.«

Sie hob seine Hand an die Lippen und küßte seine

Fingerspitzen. »Meinst du, du könntest mich auch ein bißchen lieben? Ich möchte dich nicht drängen, aber leider werde ich sehr schnell ungeduldig.«

Seine Miene verriet nichts, als er die Hand hob und ihr das Haar aus der Stirn strich. »Manda, ich möchte dir alles geben, was du willst, aber . . .«

»Du bist noch nicht soweit. Pst! Es ist nicht schlimm. Es wird unser Abenteuer noch aufregender machen, wenn ich daran arbeiten muß.«

Roman lachte. »Du liebe Güte, du bist auch wirklich durch nichts zu entmutigen. Du bist unglaublich, Manda.«

»Gut, daß du wenigstens das erkannt hast. Jetzt komm ins Bett zurück und laß uns kuscheln. Soviel ich hörte, ist das ein wichtiger Bestandteil des ›Nachspiels‹, und ich habe vor, alles zu genießen, was da zu genießen ist.«

Wieder lachte Roman. Er legte sich neben sie, zog sie in die Arme und streichelte ihren Rücken, während sie sich eng an seine Schulter schmiegte. »Ich bin gern bereit, dich nach Kräften darin zu unterstützen.«

»Hm, das ist schön, nicht?« Sie seufzte zufrieden. »Der Regen, das warme Bett, und daß wir zusammen sind.«

»Sehr schön.«

Es war still im Raum, nur das Trommeln des Regens auf dem Metalldach des Caravans war zu hören.

»Roman?«

»Hm?«

»Als wir anfangs durch den Regen fuhren, warst du genauso aufgeregt und fröhlich wie ich. Das habe ich gemerkt. Ich konnte es spüren.«

»Ja.«

Sie schob ihren Zeigefinger durch eine Locke auf seiner Brust. »Aber dann veränderte sich deine Stimmung plötzlich. Warum?«

»Weil mir wieder einfiel, wer ich war und ich merkte, daß ich vergessen hatte, wie ich früher gewesen war.«

Manda runzelte verwirrt die Stirn. »Was?«

Er küßte sie auf die steile Falte zwischen ihren Brauen. »Du bist eine Überredungskünstlerin, Manda. Ich war auf einmal wieder der Roman Gallagher, der die ganze Welt bereist und dabei tausendmal seinen Hals riskiert hatte. Aber zu jener Zeit war ich acht Jahre jünger, und da hat es mir noch großen Spaß gemacht.«

»So sollte es auch sein«, entgegnete sie eifrig. »Und so kann es immer sein, Roman.« Sie lachte leise. »Laß mich in deiner Nähe bleiben, dann wirst du es schon sehen. Wir passen so gut zusammen. Wir werden so viele wundervolle Dinge . . .«

Er schüttelte den Kopf. »Nein, Manda«, sagte er sanft. »Ich bin nicht mehr dieser Roman Gallagher.«

»Warum nicht? Was ist passiert?«

»Ich bin erwachsen geworden.«

Sie schwieg lange. Wären ihre streichelnden Hände nicht gewesen, hätte er geglaubt, sie schliefe. »Es hat soviel Spaß gemacht«, flüsterte sie dann sehnsüchtig. »Ich dachte, du hättest es verstanden.«

»Ich verstehe es auch.« Seine Lippen streiften ihre Schläfe. »Ich weiß, was Aufregung und Abenteuerlust ist. All diese wundervollen Dinge sind mir bestens bekannt.«

»Und doch hast du sie aufgegeben.«

»Ich habe sie nicht aufgegeben. Ich bin weitergegangen.«

»Roman, ich . . .« Sie verstummte. »Laß uns nicht mehr darüber reden.« Sie küßte ihn auf die Schulter und schmiegte sich noch fester in seine Arme. »Ich werde dich schon noch von deinem Irrtum überzeugen.«

Ihre Worte versetzten Roman einen Stich. Sie war auf

der Flucht. Aber wie weit konnte sie fliehen, bis sie sich mit ihrem Schicksal auseinandersetzen mußte? »Gut. Ich habe im Moment auch andere Dinge mit dir zu besprechen.« Er küßte sie zärtlich, dann leidenschaftlicher. »Möchtest du, daß ich dir eine andere erotische Vorstellung von mir erzähle? Diesmal befindest du dich in einem blühenden, persischen Haremsgarten und hast nichts an außer . . .«

# 5

Roman spürte eine Bewegung im stillen, dunklen Schlafzimmer. Verschlafen öffnete er die Augen und sah sofort, daß er allein im Bett war. »Manda?«

»Schlaf wieder ein.« Sie beugte sich über ihn und gab ihm einen Kuß. »Ich war gerade dabei, eine Nachricht für dich zu schreiben.«

»Eine Nachricht.« Roman richtete sich auf und versuchte, im Dunkeln ihr Gesicht zu erkennen. »Wo willst du hin? Komm gefälligst ins Bett zurück.«

»Ich kann nicht. Es ist schon kurz nach zehn.«

»So? Verwandelst du dich nach zehn in einen Kürbis? Sogar Cinderella ist bis Mitternacht geblieben.«

Manda lachte leise und küßte ihn noch einmal. »Cinderella hatte auch keinen Jacto, der auf sie wartete. Ich möchte nicht, daß er sich Sorgen macht. Ich habe Espresso aufgebrüht und eine Thermosflasche damit gefüllt, für Jacto. Möchtest du eine Tasse, bevor ich gehe?«

Er schüttelte den Kopf. »Ich will nicht, daß du gehst. Ich will dich hier in meinem Bett haben. Ich schicke jemandem vom Team mit dem verdammten Kaffee zu Jacto.«

»Nein, ich muß wirklich gehen, Roman. Es hat aufgehört zu regnen und ist jetzt kühler draußen. Das muß ich ausnützen. So kann ich die ganze Nacht durch arbeiten.« Sie straffte sich und wandte sich ab. »Wir sehen uns morgen abend.«

Sie ging tatsächlich! Roman schaute ihr mit gemischten Gefühlen nach, empfand Ärger und Angst zugleich. »Es tut mir leid, daß es mir nicht gelungen ist, deine erste

Erfahrung so schön zu machen, daß du die Nacht mit mir verbringen willst.«

»Ach, Roman . . .« Sie drehte sich um und setzte sich aufs Bett. Sein spöttischer Tonfall konnte die Qual, die in seinen Worten lag, nicht verbergen. »Ich wollte deine Gefühle nicht verletzen.«

»Das ist auch nicht der Fall.« Gleichmütig zuckte er mit den Schultern. »Es war vorbei. Warum solltest du da noch bleiben?«

»Es ist nicht vorbei. Es hat gerade erst angefangen.« Sie mußte sein Gesicht sehen und stellte daher die Nachttischlampe an. Aber das Licht war keine große Hilfe. Romans Miene war so ausdruckslos wie der Tonfall seiner Stimme. »Es wird nie vorbei sein. Nur habe ich im Augenblick bestimmte Verpflichtungen. Meinst du, ich würde nicht auch gern ins Bett zurückkommen?«

»Ich habe keine Ahnung, was du gern tun würdest.« Er schaute an ihr vorbei in den Spiegel an der Wand ihm gegenüber. »Ich habe auch Verpflichtungen. Gewöhnlich arbeite ich bis nach Mitternacht, wenn ich einen Film drehe. Vielleicht hast du recht, und wir vernachlässigen beide etwas, was wichtiger ist. Also geh schon und erfülle deine geheimnisvollen Verpflichtungen.«

»Wie kannst du nur so sein?« meinte Manda seufzend. »Was soll ich sagen, damit du mich verstehst?«

»Ich will nichts verstehen«, erklärte er grob. »Ich will, daß du zu mir ins Bett zurückkommst und bis zum Morgen bleibst. Ich möchte dich lieben, die ganze Nacht, bis . . .«

Er verstummte betroffen. Bis was? Bis er ihr auch seine Seele und seine Denkweise nahegebracht hatte, wie es mit seinem Körper längst geschehen war? Bis er sicher sein konnte, eine Beziehung geformt zu haben, die

Manda an ihn binden würde, bis er genug von ihr hatte und bereit war, sie gehen zu lassen? Wie konnte er so egoistisch sein? Er war es schließlich selbst, der sich geweigert hatte, mehr als eine sexuelle Beziehung zu ihr einzugehen, und nun versuchte er trotzdem, Manda in Ketten zu legen!

Er lächelte mühsam. »Ich habe dir ja gesagt, daß ich ein schwieriger Mensch bin. Geh nur. Wir sehen uns morgen.«

Sie richtete sich langsam auf und musterte ihn mit besorgtem Blick. »Ich würde nicht gehen, wenn es nicht sein müßte, Roman.«

»Ich verstehe es.« Er verstand nichts, verdammt! Er wollte, daß sie ihre Pläne für ihn über den Haufen warf und bei ihm blieb. »Vielleicht ein andermal.«

»Morgen«, versprach sie lächelnd. »Bei Sonnenuntergang bin ich hier.«

Er nickte. »Bis morgen.«

Ein letztes Lächeln, dann war sie fort.

Einen Moment später hörte er die schwere Metalltür hinter ihr zufallen. Stille. Einsamkeit. Er empfand beides fast körperlich. Unglaublich, wie die Abwesenheit einer Frau seine Stimmung beeinflussen konnte.

Nein! Er würde nicht zulassen, daß es ihm so naheging. Er würde sich nicht von einem Peter Pan abhängig machen, der in einem Moment behauptete, ihn zu lieben, und im nächsten verschwand. Selbst wenn sie all das war, was er sich von einer Frau erträumte. Er hatte schon immer Abwechslung im Bett geliebt, und würde sich in einer Woche oder so wahrscheinlich ohnehin mit Manda langweilen.

Roman stand auf und ging ins Badezimmer. Eine Dusche, eine Tasse Espresso, dann würde er sich mit den Drehbuchänderungen für die morgigen Aufnahmen beschäftigen. Es war schließlich nicht so, als hätte ein weltbewegendes Ereignis in seinem Bett stattgefunden. Er hatte nur ein paar angenehme Stunden mit . . .

Lieber Himmel, er wollte nicht diese Enttäuschung und diesen inneren Aufruhr spüren!

Er schaute in den Spiegel auf dem Medizinschränkchen und verzog den Mund zu einem höhnischen Lächeln. Warum sollte sie auch bleiben wollen? Er sah weder gut aus, noch besaß er einen angenehmen Charakter, und im übrigen hatte er ihr den Trost der üblichen Versprechungen immerwährender Zuneigung verweigert. Das nächste Mal würde er versuchen, sich etwas zivilisierter zu verhalten.

Aber das schaffte er bei Manda einfach nicht, das hatte er heute nacht festgestellt. Er konnte nur das schwankende Seil zwischen Lust und Zärtlichkeit beschreiten, Gefühle, die sie mühelos in ihm zu wecken verstand. Zärtlichkeit – das war eine Emotion, von der er sich befreien mußte. Es würde nicht leicht sein, weil er Manda so gut verstand. In ihr sah er all das, was er selbst einmal gewesen war. Oft glaubte er sogar, ihre Gedanken lesen zu können. Aber Verständnis führte zu Zärtlichkeit, und das wiederum zu weitaus gefährlicheren Empfindungen.

Deshalb war es wichtig, daß er sich ausschließlich auf ihre körperlichen Reize konzentrierte. So schwer konnte das doch nicht sein! Schließlich löste schon der bloße Gedanke an Manda ein vertrautes Ziehen in seinen Lenden aus. Mit grimmigem Lächeln wandte er sich vom Spiegel ab. Eine eiskalte Dusche war jetzt angesagt . . .

Aber die Dusche weckte ihn nur auf und brachte ihm sein quälendes Verlangen nach Manda noch stärker zu Bewußtsein. Peter Pan war sie vielleicht nicht, aber daß sie ihn verzaubert hatte und er sich in ihrem Bann befand, stand fest. Er zuckte hilflos die Schultern und zog seinen Bademantel über, bevor er ins Wohnzimmer ging.

Dort setzte er sich auf die Couch vor die Schreibmaschine und zog ein Blatt Papier ein. Energisch strich er sämtliche Gedanken an zimtfarbenes Haar und strahlende, bernsteinfarbene Augen aus seinem Bewußtsein und begann zu schreiben. Er würde arbeiten, bis ihm vor Müdigkeit die Augen zufielen und er Manda vergessen und einschlafen konnte.

Aber leider sah es ganz so aus, als sollte er für viele, viele Stunden hellwach bleiben. Selbst als er zu tippen begann, schlich sich ein Gedanke mühelos durch die Wand, die er um sein Bewußtsein aufgebaut hatte, um Manda auszuschließen.

Morgen. Morgen schon würde er sie wiedersehen . . .

Es war schon fast dunkel.

Roman trank einen Schluck Bourbon und starrte mürrisch aus dem Fenster auf den letzten rosa Streifen am abendlichen Horizont. Er war bereit, Manda noch fünf Minuten Zeit zu lassen, bevor er sich auf den Weg zu ihr machte. Verdammt, sie hatte es versprochen! Was für eine Art Spiel glaubte sie mit ihm zu treiben? Dachte sie etwa, sie hätte ihn nun dort, wo sie ihn haben wollte, seit sie . . .

Jemand klopfte laut an. Manda konnte es nicht sein. Ihr Anklopfen war reine Routine, bevor sie die Tür öffnete und eintrat.

»Herein.«

Dennis Billett lächelte gut gelaunt, als er die Stufen hinaufkam. »Ein paar der Jungs haben sich in der

Kantine zu einer Partie Poker zusammengesetzt. Hast du Lust, mitzuspielen?«

»Keine Zeit«, erwiderte Roman kurzangebunden. »Vielleicht das nächste Mal.« Er stürzte den Rest seines Bourbon hinunter, stand auf und ging zur Bar. »Hast du Manda heute gesehen?«

»Ja, kurz bevor sie heute morgen abfuhr.«

Romans Hand, die nach der Whiskeyflasche griff, erstarrte in der Bewegung. »Abgefahren?«

Dennis nickte. »Wußtest du es nicht?« Er runzelte die Stirn. »Vielleicht hätte ich es dir sagen sollen. Sie hatte es sehr eilig und kam mir ziemlich verwirrt vor. Sie und Jacto sind nach Coober Pedy gefahren, um dort eine Maschine nach Sydney zu nehmen.«

Roman bemühte sich um eine ausdruckslose Miene.

»Sie erhielt einen Anruf und sagte, sie müsse sofort nach Melbourne, irgendeiner Familiensache wegen.«

»Aha.« Roman schenkte sich sorgfältig einen Whiskey ein und verschloß die Flasche. »Wann kommt sie zurück?«

Dennis zuckte die Schultern. »Das hat sie nicht gesagt. Aber wie ich Manda kenne, kann das morgen sein oder in einem Jahr.«

Es tut nicht weh, versicherte Roman sich. Ich bin nur wütend. Sie hatte ihn ohne ein Wort verlassen, und deshalb hatte er allen Grund, wütend zu sein. Sie hatte ihr Versprechen gebrochen.

Er trank einen Schluck Bourbon, der ihn mit Wärme erfüllte und blockierend wirkte auf den . . . nein, er schob den Gedanken rasch beiseite. Es war ganz normal, enttäuscht zu sein. Sie war außergewöhnlich gut im Bett gewesen, und er hatte noch nicht genug von ihr. Selbst jetzt, in diesem Augenblick, verspürte er wieder dieses ungeheure Verlangen, als er daran dachte, wie sie sich unter ihm bewegt hatte . . .

»Roman?«

Er richtete seine Aufmerksamkeit auf Dennis. »Was hast du gesagt? Ich habe gerade an etwas anderes gedacht.«

»Ich fragte, ob du es dir nicht doch noch anders überlegen willst«, meinte Dennis augenzwinkernd. »Ich hätte die größte Lust, dir die Taschen zu leeren. Die Überholung meiner Cessna hat mich einen Batzen Geld gekostet.«

»Nicht soviel, wie du bei der Wette auf diesen Klappergaul beim Derby in Sydney verloren hast«, antwortete Roman geistesabwesend. Er trank sein Glas aus und stellte es weg.

»Was soll ich dazu sagen?« entgegnete Dennis. »Als echter ›Aussie‹ wette ich nun mal ab und zu. Ist das schlimm?«

»Nein.« Nichts hätte Roman im Moment weniger interessieren können als Dennis' Leidenschaft für Pferderennen. »Aber du hast recht. Eine Partie Poker wäre nicht schlecht. Was soll man sonst schon mit seiner freien Zeit anfangen?« Er nahm die Flasche Bourbon und wandte sich zur Tür. »Komm, laß uns gehen.«

»Du fährst zum Lager weiter, Jacto«, sagte Manda, als sie aus dem Jeep sprang. »Ich will nur Roman sagen, daß ich zurück bin. Es wird höchstens eine halbe Stunde dauern.«

Jacto nickte. »Ich mache inzwischen Feuer und fange mit dem Abendessen an.«

Manda winkte ihm zu und wandte sich ab, unfähig, ihren Eifer vor Jacto zu verbergen. Ihr Magen flatterte vor

Nervosität, als sie rasch auf die Tür des Wohnmobils zuging. Die drei Tage ihrer Abwesenheit waren ihr wie drei Jahre erschienen. Und wie sie Roman vermißt hatte! Sie hatte nicht damit gerechnet, sich dermaßen einsam zu fühlen. Gewöhnlich, wenn sie jemanden verließ, den sie liebte, war sie traurig, aber das hielt immer nur solange an, bis etwas Neues, Aufregendes ihre Aufmerksamkeit gefangen nahm.

Diesmal war es nicht so gewesen. Die Einsamkeit war ihr konstanter, quälender Begleiter gewesen, selbst als sie mit ihren Schwestern und ihrem Vater zusammen gewesen war. Zuerst war sie verblüfft gewesen, um es dann als Teil der neuen, anspruchsvollen Erfahrung, Roman zu lieben, zu akzeptieren.

Sie klopfte fröhlich an, öffnete die Tür und stürmte die Stufen hinauf. »Roman, ich bin wieder da! Hast du mich vermißt? Du solltest lieber ja sagen, weil ich sonst . . .« Sie verstummte, weil sie plötzlich das Gefühl hatte, eine eiskalte Hand auf ihrem Rücken zu spüren.

Roman saß auf der Couch und tippte auf der Schreibmaschine, die vor ihm auf dem Tisch stand. Er schaute kurz auf, um dann seinen Blick wieder auf das Papier zu richten und den angefangenen Satz zu Ende zu schreiben. »Du kommst ein bißchen spät. Ich dachte, wir wären vor drei Tagen verabredet gewesen.«

Mandas Lächeln verblaßte. »Du bist böse auf mich.«

»Aber Manda, warum sollte ich denn böse sein? Du bist frei zu gehen, wohin du willst.« Er schaute nicht einmal auf. »Es war zwar etwas unhöflich von dir, keine Nachricht zu hinterlassen, aber . . .«

»Ich habe eine Nachricht hinterlassen. Ich bat Dennis, dir auszurichten, ich müßte einer dringenden Familienangelegenheit wegen für ein paar Tage verreisen. Hat er dir nichts gesagt?«

»Du scheinst dir nicht die Zeit genommen zu haben, dich klar genug auszudrücken. Hast du schon einmal von Papier und Kugelschreiber gehört?«

»Ich hatte es wahnsinnig eilig . . .« Sie brach ab und begann von neuem. »Es tut mir leid, Roman, ich wäre nie so unhöflich gewesen, wenn ich gewußt hätte . . .«

»Unhöflich!« Er hob den Kopf und maß sie mit einem so empörten Blick, daß sie zusammenzuckte. »Was für ein unpassendes Wort dafür! Vor drei Tagen hast du in meinem Bett gelegen, und jetzt klingst du so bedauernd, als hättest du das falsche Salatbesteck gewählt!«

Nun wurde auch Manda ärgerlich. »Ich sagte, es tut mir leid. Was soll ich sonst noch tun? Vielleicht hätte ich mich klarer ausdrücken sollen, aber daran ist jetzt nichts mehr zu ändern. Soll ich dich vielleicht auf Knien um Verzeihung bitten?«

Roman stand auf und kam zu ihr. »Der Gedanke ist nicht unattraktiv. Ich würde dich für mein Leben gern auf Knien sehen.« Seine dunklen Augen glitzerten, ein Muskel zuckte an seinem Kinn. »Es gefällt mir nicht, was du mit mir machst, Manda.«

»Ich mache überhaupt nichts mit dir. Das klingt ja fast, als wäre ich ein Vamp!« Plötzlich wich der Ärger von ihr, und nur Enttäuschung und Müdigkeit blieben zurück. »Ich will nicht mit dir streiten, Roman.« Sie wandte sich zur Tür. »Ich sehe dich morgen.«

»Den Teufel wirst du tun!« Er war mit einem Schritt bei ihr und riß sie zu sich herum. »Das hast du vor drei Tagen auch gesagt. Ich lasse dich nicht mehr fort.«

»Roman, ich . . .«

Sein harter, leidenschaftlicher Kuß erstickte ihre Worte. Manda bekam keine Luft und spürte Romans Zähne schmerzhaft auf ihrer Unterlippe. Sie versuchte, den Kopf zu bewegen, aber seine Finger waren in ihrem

Haar vergraben und hielten sie fest, während sein Mund sich auf ihre Lippen preßte.

Dann hob er den Kopf. »Weißt du, was du mir antust? Ich kann nicht schlafen, kann nicht arbeiten, kann nicht . . .« Er brach ab und schaute auf ihre Unterlippe. »O Gott.« Er wirkte nicht mehr wütend, sondern angeekelt. »Du blutest«, sagte er tonlos. »Ich habe dich verletzt.«

Er ließ die Hände sinken und trat zurück. »Bleib, wo du bist.« Rasch ging er ins Badezimmer und kam mit einem feuchten Waschlappen zurück. Sanft tupfte er das Blut von ihrer Lippe. Unter der Sonnenbräune wirkte seine Haut aschfahl. »Ich habe dir gesagt, du solltest mich lieber in Ruhe lassen. Ich wußte, daß ich dir weh tun würde.«

»Es tut nicht mehr weh.« Merkwürdigerweise empfand sie weder Angst noch Zorn. Nur ein bedrückendes Verständnis und heftiges Mitleid. Sie ertrug es nicht, die Qual und Selbstanklage in Romans Gesicht zu sehen und wollte etwas sagen, um seinen Schmerz zu erleichtern. »Es ist nichts, Roman«, versicherte sie ihm. »Du hast mich ja nicht absichtlich verletzt.«

»Suchst du jetzt Entschuldigungen für mich?« entgegnete er, den Mund verzerrt. »Wenn ich dir heute abend nicht weh getan hätte, wäre es eben das nächste Mal passiert.« Er warf den Waschlappen zornig auf die Bar. »Und jetzt verschwinde.«

Manda zögerte und musterte ihn mit besorgtem Blick. »Nein, noch nicht. Erst, wenn du mir gesagt hast, warum. Es war nicht bloß mein Verschwinden, ohne dir eine Nachricht zu hinterlassen, nicht wahr?«

Er schüttelte den Kopf, ohne sie anzusehen. »Nein.« Dann schaute er ihr in die Augen, und sie erschrak über die Qual, die sie in seinen sah. »Ich habe dich vermißt«, sagte er schlicht. »Ich bin fast wahnsinnig geworden, während du fort warst. Ich mußte ständig daran denken, wie warm und liebevoll du im Bett warst, und es tat irrsinnig weh . . . Aber das ist nicht alles. Ich erinnerte mich an tausend Kleinigkeiten von dir. Wie du lachst, wie deine Augen aufleuchten, wenn du aufgeregt bist, wie anmutig deine Bewegungen sind.«

Ihre Augen begannen zu schimmern, ein strahlendes Lächeln erhellte ihr Gesicht. »Ich habe dich soweit, nicht wahr? Du mußt mich schon ein bißchen lieben, sonst hättest du mich nicht so vermißt.«

»Bist du verrückt? Bedeutet es dir überhaupt nichts, daß ich mich gerade wie ein Barbar aufgeführt habe? Ich habe dich *verletzt*, verdammt noch mal! Was bist du – eine Masochistin?«

»Nein.« Sie wußte, daß Roman kein Barbar war. Warum sah er nicht ein, daß es gerade seine heftige Selbstanklage war, die es am deutlichsten bewies? Aber sie konnte sehen, daß er im Augenblick nicht zu überzeugen war. Deshalb lächelte sie nur. »Ich sehe nicht ein, warum ich dich beschimpfen soll, wenn du es selbst soviel besser machst.« Sie ging zu ihm und strich ihm über die Wange.

»Nein!« Er zuckte zurück. »Faß mich nicht an.«

Ihre Hand sank herab. »Aber ich will dich anfassen. Ich will dir nahe sein, Roman. Verschließ dich nicht vor mir.«

Er schloß die Augen. »Geh, Manda, bitte. Ich kann nicht viel mehr ertragen.«

»Ich will dir nur helfen.«

»Ich weiß.« Es klang verwundert. »Ich begreife es zwar nicht, aber ich weiß, daß es so ist. Leider kannst du mir im Moment nicht helfen.« Er öffnete die Augen. »Ich bin hilflos . . . nackt, verwundbar. Ich war in meinem ganzen Leben noch nie so verwundbar, und damit muß ich zuerst selbst fertigwerden.«

Manda musterte ihn stirnrunzelnd. »Willst du wirklich, daß ich gehe?«

»Bitte.«

Sie biß sich auf die Lippen. »Im Ernst?«

»Ja.«

»Also gut, aber morgen komme ich zurück. So leicht wirst du mich nicht los.« Sie ging zur Tür und schaute noch einmal über die Schulter zu ihm zurück. »Ich *habe* dich. Klar?«

Sein Lächeln drückte Resignation und Trauer aus. »Ja, du hast mich.«

Manda lachte glücklich. »Wunderbar!« Sie öffnete die Tür. »Wir sehen uns dann.«

Roman nickte. »Ja.« Aber als sie schon auf den Stufen war, rief er ihren Namen.

Sie drehte sich schnell um.

»Diese Familienangelegenheit«, sagte er zögernd. »Ich hoffe, es ist nichts passiert.«

Sie nickte. »Nein, jetzt ist wieder alles in Ordnung. Gute Nacht, Roman.«

Er schaute zu, wie sie die Tür hinter sich schloß, und die Spannung wich aus seinen Gliedern. Er war verdammt nahe daran gewesen. Er hätte nur die Hände ausstrecken müssen, um sich zu nehmen, was er haben wollte. Manda war so natürlich, daß sie sich ihm widerspruchslos geschenkt hätte, aber heute nacht konnte er nichts von ihr nehmen. Statt dessen mußte er anfangen, ihr etwas zu geben, und das war nicht leicht nach all den Jahren des Alleinseins. Er ahnte schon, daß die Nacht, die vor ihm lag, noch größere Qualen für ihn bereithielt als die vergangenen drei Nächte.

# 6

»Manda.«

Sie bewegte sich verschlafen, dann machte sie die Augen auf. »Roman?«

Er stand über ihren Schlafsack gebeugt. Seine Züge waren in der beginnenden Morgendämmerung kaum zu erkennen. »Komm mit mir.«

Sie richtete sich auf und schaute zu Jacto hinüber, der, eingewickelt in eine Decke, neben dem Feuer lag. Er schien fest zu schlafen, aber das mußte nicht heißen, daß er tatsächlich schlief. Rasch zog Manda ihre Tennisschuhe an und fuhr sich mit den Fingern durch ihr Haar, bevor sie aufstand und Roman lautlos aus dem Lager folgte.

»Wohin gehen wir?« fragte sie einige Meter weiter. »Zu deinem Wohnmobil?«

»Nein. Ich möchte dir etwas zeigen.« Er ging schnell, und Manda hatte Mühe, mit ihm Schritt zu halten.

»Du hättest warten können, bis ich mich umgezogen hätte«, bemerkte sie mit einem Blick auf ihre zerknitterten weißen Shorts und das passende Baumwollhemd.

»Du bist wunderschön.« Er schaute sie nicht an, aber es konnte kein Zweifel an der Aufrichtigkeit seiner Worte bestehen. »Du bist immer schön.« Sie hatten seinen Jeep erreicht, der am Rand des Opalfeldes parkte. »Steig ein. Es ist nicht weit.«

Der Jeep war schon in Bewegung, kaum daß sie sich gesetzt hatte.

Kühl fächelte die morgendliche Brise ihr Gesicht, und Manda verspürte eine prickelnde Erregung bei der

Erinnerung an ihren letzten Ausflug in die Wüste. Sie schaute Roman an. Er wirkte irgendwie verändert.

Rein äußerlich sah er aus wie immer. Er trug enganliegende beigefarbene Jeans und ein armeegrünes Buschhemd, dessen aufgekrempelte Ärmel seine muskulösen Arme freigaben. Seine großen Hände auf dem Steuerrad wirkten ruhig und beherrscht, und unwillkürlich dachte Manda an die Gefühle, die diese Hände auf ihrem Körper auszulösen verstanden.

Roman drehte sich zu ihr um. »Hast du etwas gesagt?«

Es war ihr nicht bewußt gewesen, einen Ton von sich gegeben zu haben, aber anscheinend hatte Roman gehört, wie sich ihr Atem beschleunigt hatte. »Nein«, erwiderte sie rasch. »Sind wir bald da?«

»Ja, es ist auf der anderen Seite des Ridge.« Sein Blick glitt zum Horizont, der nun mit goldenen und pinkfarbenen Streifen überzogen war. »Gerade rechtzeitig.«

»Du tust so geheimnisvoll. Was hat das alles zu bedeuten . . . du lieber Himmel!« Der Anblick vor ihr war atemberaubend. »Unglaublich.«

»Ja.« Er hielt den Jeep an und lehnte sich auf das Steuer. »Ich habe es gestern zufällig entdeckt. Eigentlich wollte ich es als Hintergrund für eine Szene des Films benutzen.« Er machte eine Pause. »Aber gestern nacht habe ich es mir anders überlegt und beschlossen, daß ich es lieber dir schenken will. Gefällt es dir, Manda?«

»Ob es mir gefällt? Es ist phantastisch, Roman!«

Auf einer leichten Steigung befand sich eine massive Mauer aus schiefergrauem Fels, in der Mitte eingekerbt wie von einem gewaltigen Hammer. Die Mauer sah aus, als stünde sie seit Anbeginn der Zeiten dort bis in alle Ewigkeit. Das Felsgestein war von einer skurrilen Mischung von Mineralien durchzogen, der schiefergraue

Untergrund rot, gelb, ocker, smaragd und amethystfarben gestreift.

Die ersten Sonnenstrahlen fielen auf den Felsen, und Manda stieß einen leisen, entzückten Schrei aus. Der Felsbrocken schien außerdem Quartzkristalle zu enthalten, die ihn im Sonnenschein aufblitzen und in allen Farben schimmern ließen. »Ich habe noch nie so etwas Schönes gesehen.« Dann fiel ihr etwas anderes auf, ein weiteres Wunder, das sich von der leichten Steigung, auf der sich die Mauer befand, in die Ferne hinzog. »Blumen!«

Manda stieg aus dem Jeep und lief auf die Oase aus bunten Farben und schweren Blumendüften zu, die sich vor ihr eröffnete. Die Umgebung war mit wilden Blüten übersät, sie bedeckten den braunen, sandigen Untergrund wie ein bunter, duftender Teppich.

Gänseblümchen in Weiß, Pink und Lavendel wuchsen aus dem öden, steinigen Boden. Ein kristallklarer Bach plätscherte munter durch diesen zauberhaften, natürlichen Garten und nährte seine Schönheit. Es war eine echte Oase. »Wie kann das sein?« fragte Manda verwundert. »Mitten in der Wüste? Es ist ein Wunder . . .«

»Ja, aber ein sehr natürliches Wunder. Millionen von Samen warten nur darauf, tief in der Erde verborgen, zum Leben erweckt zu werden.«

»Das Gewitter.«

Roman nickte. »Genau. Der Regen.« Er ging langsam auf Manda zu. »Seit wir uns kennen, habe ich dir noch nichts gegeben. Ich habe immer nur genommen. Kann sein, daß ich vergessen habe, wie man gibt.« Er blieb vor Manda stehen. »Das ist mein erstes Geschenk, Manda.«

Sie lächelte zaghaft. »Ich muß sagen, du fängst ganz groß an.«

»Ich habe dir weh getan.« Ein Schatten fiel über sein

Gesicht. »Ich weiß, daß dieser wundervolle Anblick dich nicht dafür entschädigen kann, aber vielleicht kannst du ihn in die Balance werfen und mich darauf aufbauen lassen.«

»O, Roman . . .« Sie liebte ihn so sehr in diesem Moment, daß sie das Gefühl hatte, innerlich in tausend Stücke zu zerspringen. Sie schmiegte sich in seine Arme. »Du brauchst nichts aufzubauen. Du bist da, das ist genug.«

»Nein.« Er berührte leicht, beinahe zögernd, ihre Schulter. »Ich habe noch einen langen Weg vor mir, aber vielleicht ist es ein Anfang. Ich habe gestern nacht sehr lange nachgedacht und einige Entscheidungen getroffen. Eine davon betrifft das, was mir passiert ist. Ich muß es akzeptieren, das weiß ich jetzt.« Er schob Manda fort und schaute auf sie herunter. »Ich liebe dich, Manda. Ich glaube, ich werde dich immer lieben – für den Rest meines Lebens.«

Manda wurde von einer wilden Freude erfaßt. »Ich liebe dich auch«, flüsterte sie. »Ich liebe dich so sehr, Roman.«

Er schüttelte langsam den Kopf. »Du liebst mich nicht. Du bist nur verliebt in das Abenteuer, verliebt zu sein, aber vielleicht kann ich darauf aufbauen. Ich hoffe es sehr.«

»Nein, ich liebe dich . . .«

Er legte ihr einen Finger auf die Lippen. »Pst, es ist schon gut, Manda. Es wird alles kommen. Nimm dir Zeit.«

»Aber du irrst dich! Ich liebe dich. Ich . . .«

»Möchtest du mich heiraten, Manda?«

Sie machte große Augen vor Erstaunen. »Darüber habe ich noch nie nachgedacht.«

Es zuckte um Romans Mund. »Das dachte ich mir.

Hast du schon einmal überlegt, ob du Kinder mit mir haben willst und ob du bereit bist, immer an meiner Seite zu sein, ob ich krank bin oder gesund? Willst du deine Träume mit mir teilen und diese Träume in Wirklichkeit verwandeln?«

Manda schaute ihn unsicher an. »Laß mir Zeit, Roman. Das ist alles noch sehr neu für mich.«

»Ich brauchte keine Zeit. Ich wußte sofort, daß ich all das wollte, als mir meine Liebe zu dir bewußt wurde.« Er streichelte ihre Wange. »Aber ich bin bereit, dir alle Zeit zu lassen, die du brauchst. Auch für mich gibt es ein paar Dinge, an denen ich arbeiten muß. Es fällt mir schwer zu vertrauen, und mein Temperament hast du ja bereits kennengelernt.«

Er küßte sie sanft. »Lauf nur nicht vor mir davon. Ich werde schon einen Weg finden. Ich finde für alles eine Lösung, solange du an meiner Seite bist.«

»Das verspreche ich«, versicherte sie ernst. Ihre Stimme klang heiser vor Gefühl, aber dann erschien ein strahlendes Lächeln auf ihrem Gesicht. »Du könntest mich gar nicht fortschicken, selbst wenn du wolltest.« Sie nahm seine Hand. »Komm. Laß uns durch die Blumen gehen. Ich möchte sie berühren, ihren Duft riechen.« Sie zog ihn auf das blumenübersäte Feld. »Wer weiß, ob sie morgen noch da sein werden?«

Wie Manda, dachte Roman, und es versetzte ihm einen schmerzhaften Stich. Nein, berichtigte er sich dann, Manda *würde* immer für ihn da sein, und wenn nicht, würde er schon Mittel und Wege finden, sie überallhin zu begleiten, wohin es sie ziehen sollte. Er wollte sie nicht mehr verlieren. Unbewußt drückte er ihre Hand fester. »Die Blumen werden noch da sein. Vielleicht verbergen sie sich nur eine Zeitlang in der Erde. Und warten«, entgegnete er lächelnd. »Aber das

Warten wird eines Tages zu Ende sein, und sie werden von neuem erblühen.«

»Aber *ich* will nicht warten. Sie sind wunderschön, wie eine Zauberinsel in einem Meer von . . .« Manda kicherte plötzlich übermütig. »Eine Insel, Roman! Ich habe endlich meine geheimnisvolle Insel gefunden.«

»Insel?«

Sie nickte augenzwinkernd. »Als ich sieben war, bestand mein größter Traum darin, ein Floß zu bauen und den Murray River zum Meer hinunterzufahren. Aber ich wollte es nicht allein tun, deshalb überredete ich Addie und Sydney, mich zu begleiten. Sie waren beide älter als ich und um einiges praktischer veranlagt.«

»Und du hast sie überreden können?«

»O ja, es gelang mir sehr schnell. Ich dachte mir eine wunderbare Geschichte über eine mysteriöse Insel im Süden von Australien aus, die keiner kannte. Sie sei ganz mit exotischen Blumen bewachsen, erzählte ich Addie und Sydney, und alle möglichen wunderlichen Dinge könnten dort passieren.«

Manda war ernst geworden, ihre Augen hatten einen abwesenden, verträumten Blick. »Eine Insel, wo Träume wirklich wurden, wo jeden Tag ein neues Abenteuer auf uns wartete und wir alle das finden würden, was wir uns wünschten. Addie ihr goldenes Einhorn, Sydney ihre schwarzen Schwäne und . . .« Manda brach kopfschüttelnd ab. »Ich weiß nicht, ob meine Schwestern mir glaubten, aber trotzdem ließen sie sich von mir überreden.«

»Vielleicht wollten sie es glauben. Nicht oft bekommen Kinder Gelegenheit, ihre Träume erfüllt zu sehen. Du hast ihnen die Möglichkeit geboten, Manda.«

»Nicht für sehr lange. Unser Floß strandete auf einer Sandbank, und mein Vater fand uns, bevor wir es wieder zum Schwimmen bringen konnten.« Sie verzog das Gesicht. »Wir waren vierundzwanzig Stunden fort gewesen, und Dad hatte alle Nachbarn zusammengerufen, um uns zu suchen. Er war alles andere als begeistert.«

»Das kann ich mir vorstellen. Seid ihr bestraft worden?«

Manda nickte. »Kann man wohl sagen. Er hat uns ordentlich den Hintern versohlt.«

Roman lächelte schwach. »Irgendwie kann ich mir nicht vorstellen, daß es dich entmutigt hat. Hast du es noch einmal versucht?«

»Nein.« Es klang bedauernd. »Ich konnte Addie und Sydney nicht mehr überreden, mich zu begleiten. Für sie war das Abenteuer vorbei, und allein wollte ich mich nicht auf die Reise machen.«

»Nein, du hast mir schon gesagt, daß du nicht gern allein bist.«

»Ich wünschte, ich hätte dich damals gekannt, Roman. Du wärst mitgekommen, nicht wahr?«

»Ja.«

»Und wir hätten das Meer erreicht?«

»Natürlich.« Romans Stimme klang sehr sanft. »Und wir hätten die Insel deiner Träume gefunden, Manda. Mit Einhörnern, schwarzen Schwänen und täglich neuen Abenteuern. Ich hätte es dir alles geschenkt.«

Sie drehte sich zu Roman um und strahlte ihn glücklich an. »Und da sagst du, ich liebte dich nicht! Wie könnte ich einen Mann, der mir das alles geben würde, nicht lieben?«

Die Sonnenstrahlen brachen sich in ihrem Haar und ließen es wie Gold aufleuchten. Roman hätte am liebsten seine Finger darin vergraben und alles vergessen außer seinem Verlangen, Manda zu besitzen. Wie sie ganz richtig sagte, warum sollte man die Blumen nicht genießen, solange sie blühten? Vor acht Jahren hätte er keine Bedenken gehabt, einen solchen Augenblick zu nutzen.

Aber er hatte sich verändert, und ein Peter Pan in einer Beziehung war genug. Er nahm Mandas Hand und küßte sie zart auf die Innenfläche. »Ich habe mir vorgenommen, dafür zu sorgen, daß du mich absolut unwiderstehlich findest. Um das zu erreichen, hätte ich keinerlei Hemmungen, jede mögliche Bestechung zu benutzen.«

Irgend etwas an seinen Worten gefiel Manda nicht. Sie war nicht sicher, was genau es war, nahm sich jedoch vor, erst später darüber nachzudenken. Jetzt schien hell die Sonne, die Blumen gaben ihren betäubend süßen Duft ab, und sie war bei Roman. Nichts konnte falsch sein in einem solchen Augenblick.

Sie hockte sich zwischen den Gänseblümchen auf den Boden und zog Roman neben sich. »Erzähl mir etwas. Ich habe meine kindlichen Streiche gebeichtet. Es wäre nur gerecht, wenn ich auch etwas über dich erführe. Warst du auch ein Lausebub?«

»Nein.« Er schaute über das blumenübersäte Feld. »Ich war ein sehr braves Kind.« Seine Lippen zuckten. »Es wird dir schwerfallen, mir zu glauben, wenn man bedenkt, was für ein ungehobelter, grober Klotz aus mir geworden ist.«

Manda lachte. »Sagen wir, ich kann mir nicht vorstellen, daß du ein Musterkind warst.«

»Oh, ein Muster war ich sicher nicht«, entgegnete er mit schwerem Spott. »Nicht einmal entfernt. Ich konnte mir soviel Mühe geben, wie ich wollte, ich blieb immer ganz unten am Fuß der Pyramide. Für meine Mutter war ich eine schwere Enttäuschung.«

»Niemand kann von einem Kind erwarten, perfekt zu sein. Auch mein Vater wäre bitter enttäuscht worden, wenn er derartige Hoffnungenen gehabt hätte.« Ihr Lächeln verblaßte. »Du mußt dich irren, Roman. Eltern stellen zwar große Erwartungen an ihre Kinder, aber mit der Zeit finden sie sich auch mit unseren Unzulänglichkeiten ab.«

»Ich hörte, daß es bei vielen Eltern so ist. In meinem Fall leider nicht.« Er zuckte die Schultern. »Ich verurteile meine Mutter deshalb nicht. Nach einiger Zeit begann ich sie sogar zu verstehen. Sie gehört zu den Menschen, die nichts Häßliches oder Unvollkommenes in ihrer Nähe ertragen. Oft dachte ich, sie hat sich von meinem Vater scheiden lassen, weil sie ihre Ehe als einen unentschuldbaren Fehler betrachtete.«

Roman schwieg einen Moment nachdenklich. »Weißt du, sie war eine Sammlerin von schönen Dingen. Sie besaß eine Kunstgalerie in Perth und war ungeheuer anspruchsvoll und kritisch, was den Einkauf betraf. Daher war es ganz logisch, daß sie auch in ihrem Privatleben nichts akzeptierte, was nicht absolut perfekt war.«

»Logisch?« wiederholte Manda betroffen. »Logik hat nichts mit der Liebe zwischen Eltern und Kind zu tun.«

»Nein, das hat es wohl nicht, oder?« Roman lächelte wehmütig. »Ich habe sehr lange gebraucht, um das einzusehen. Es war mir nie bewußt, daß ich ein Recht auf Liebe besaß. Ich dachte, sie sei etwas, was man sich verdienen mußte, indem man der klügste, erfolgreichste, besterzogenste . . . Mir war klar, daß ich nie hoffen konnte, etwas anderes als häßlich in den Augen meiner Mutter zu sein, doch ich dachte, ich könnte mir mit harter Arbeit und Anstrengung ihren Respekt verdienen.«

Mandas Kehle zog sich schmerzhaft zusammen.« Ist es dir gelungen?«

»Nein.« Er wandte den Kopf vom Feld ab und schaute Manda an. »Ich hatte nie eine Chance.« Mit abwesender Miene berührte er die Narbe an seiner Wange. »Als ich damit aus Vietnam zurückkam, besuchte ich meine Mutter in Perth. Ich saß in ihrem perfekten Salon, in ihrem perfekten Haus und trank Tee aus ihrem perfekten Wedgwoodporzellan. Sie war höflich, aber sie schaute mich nicht einmal an. Nicht ein einziges Mal. Ich habe sie nie wieder besucht.«

»O Gott«, flüsterte Manda. Es lag soviel Qual hinter Romans ruhiger Fassade. »Es tut mir leid, Roman.« Dann klang Zorn in ihrer Stimme mit. »Sie war eine dumme Frau. Hat sie nicht gemerkt, was für ein außergewöhnlicher Mensch du bist? Du bist brillant, sensibel und . . .«

»Hör auf!« unterbrach Roman Manda lachend. »Ich habe dir meine Lebensgeschichte nicht erzählt, um dein Mitleid zu erregen. All das ist schon sehr lange her.«

Aber die unsichtbaren Narben, die er davongetragen hatte, gingen tiefer und waren empfindlicher als die sichtbare auf seiner Wange. »Ich könnte deine Mutter erwürgen!« sagte Manda mit Gefühl.

Roman schüttelte den Kopf. »Es war nicht ihre Schuld, sondern meine. Man kann Menschen nicht ändern. Ich war einfach zu stur, um es einzusehen. Erst die Erfahrung hat es mir gezeigt.« Er lächelte. »Aber es ist schön, daß du mich verteidigst. Es wärmt mich . . . von innen her.«

Manda spürte Tränen hinter ihren Lidern und blinzelte sie rasch fort. Sie wollte Roman in den Arm nehmen, ihn trösten und vor allen weiteren Verletzungen schützen. Die mütterliche Entschiedenheit hinter diesem Wunsch erstaunte sie. Sie war nie ein Mensch gewesen, der sich viel um andere gekümmert hatte, aber nun empfand sie das leidenschaftliche Bedürfnis, sich um Roman zu kümmern.

Er runzelte plötzlich die Stirn. »Hey!« Sein Zeigefinger berührte sanft ihre feuchten Wimpern. »Ich will kein Mitleid. Ich habe es dir nur erzählt, weil ich glaubte, es dir schuldig zu sein.« Er lachte plötzlich. »Betrachte es als weiteres Geschenk. Ich kann dir versichern, daß es ein sehr seltenes ist. Ich habe mich emotionell noch nie vor jemandem ausgezogen. Und jetzt wird mir ein bißchen kalt.«

»Roman, ich . . .«

»Vergiß es.« Er stand auf und streckte die Hand nach Manda aus. »Komm, es wird Zeit, daß wir ins Lager zurückkehren. Ich muß heute zwei Szenen mit den verdammten Kamelen drehen und kann von Glück reden, wenn ich sie heute abend im Kasten habe. Ich habe noch nie störrischere, boshaftere Tiere gesehen.« Er lachte. »Außer wenn ich in den Spiegel schaue.«

Manda war ungewöhnlich still, als sie zum Jeep zurückgingen.

»Hast du etwas?« fragte Roman besorgt.

»Nein.« Sie setzte sich auf den Beifahrersitz und ließ ihren Blick noch einmal über das blühende Feld schweifen, Romans Geschenk an sie. Es war nicht das einzige, was er ihr heute gegeben hatte, und jedes Geschenk war mindestens so wertvoll wie dieses herrliche Panorama, das sich ihren Augen bot.

Und doch war sie merkwürdig unzufrieden. Sie hatte seine Geschenke angenommen und ihm im Austausch nichts zurückgegeben. Sie war schon immer ein bißchen unaufmerksam und sorglos gewesen, aber jetzt bereiteten diese Facetten ihres Charakters ihr zum ersten Mal echte Sorgen. Na, wenn schon, beruhigte sie sich. Es würden andere Gelegenheiten kommen. Sie drehte sich lächelnd zu Roman um. »Ich dachte gerade, daß ich mich glücklich schätzen kann, dich zu haben.«

»Verdammt, Roman, ich arbeite nicht mehr mit den Biestern.« Brents Stimme klang erstickt durch den Eisbeutel, den er auf seine geschwollene Nase drückte. Aber selbst so war sein Ärger nicht zu überhören. »Ich habe klaglos Hitze ertragen, Langeweile und mich sogar zum Zölibat überreden lassen für diesen Film, aber die Kamele kannst du dir aus dem Kopf schlagen. Ich kann froh sein, wenn ich mir eine Nasenkorrektur ersparen kann, wenn es vorbei ist und – hör gefälligst auf zu lachen!«

Roman gab sich die größte Mühe. »Entschuldige«, sagte er ernst, als er sich zu Brent auf die Couch setzte. »Ich weiß, was für eine traumatische Erfahrung du gerade hinter dir hast, aber betrachte es doch einmal so: Es war ein weibliches Kamel, und vielleicht wollte es dich nur ganz zärtlich zwicken? Du weißt doch selbst, wie unwiderstehlich du auf weibliche Wesen wirkst.«

»Zwicken?« sagte Brent beleidigt. »Das Biest hat versucht, mir die Nase abzubeißen! Und ihr männliches Gegenstück hat mich gestern abgeworfen. Jetzt wirst du mir sicher sagen, er habe mir nur seine Zuneigung beweisen wollen.«

»Hm, ich weiß nicht recht.« Roman legte den Kopf schief, als überlegte er angestrengt. »Gibt es so etwas wie homosexuelle Kamele?«

»Verdammt, Roman, das ist ernst.«

»Ich werde mir deinen Vertrag anschauen. Wir wissen schon, daß er dich vor Stürzen von der Bettkante und vor Ersticken durch Staubeinfluß schützt. Aber ich bin nicht sicher, ob auch etwas von Angriffen liebeskranker Kamele darin steht.«

Brent hob den Eisbeutel einen Moment, um Luft zu holen und Roman einen ärgerlichen Blick zuzuwerfen. »Ich glaube, am besten bringe ich dich um. Was habe ich schon zu verlieren? Es fiele mir sicher nicht schwer zu beweisen, daß es sich um Notwehr gehandelt hat.«

»Ich würde es dir nicht raten. Sonst müßte ich meine Kamele auf dich hetzen.«

»Du wirst es nicht mehr so witzig finden, wenn du die nächsten vier Tage ohne mich drehen mußt.«

»Es wäre es wert.« Roman konnte ein Grinsen nicht mehr unterdrücken. »Ich glaube, ich habe in den letzten zehn Jahren nicht mehr so herzhaft gelacht. Und im übrigen hatte ich gerade einen genialen Einfall. Mein nächster Film wird über das Leben von Jimmy Durante sein, und dich engagiere ich als ›Schnoz‹. Natürlich wirst du mit harter Konkurrenz von unserer alten Ski-Nase, Bob Hope, rechnen müssen. Aber wenn ich ein Kamel in der Nähe halte, das zuzubeißen versteht . . .«

»Es handelt sich ganz klar um einen Fall von Notwehr«, erklärte Brent, während er den Eisbeutel wieder auf die Nase legte. »Du bist mir heute zu sanft, Roman. Es ist mir viel lieber, wenn du Mr. Hyde spielst. Dann brauchte ich mir wenigstens nicht deine dummen Scherze über den Angriff auf meine männliche Schönheit anzuhören.«

Roman warf ihm einen überraschten Blick zu. Er hätte nicht gedacht, daß eine auffallende Veränderung in seiner Persönlichkeit eingetreten war, aber anscheinend war Brent einfühlsamer, als er angenommen hatte. Er konnte nicht sagen, daß er sich *sanft* vorkam, aber er war doch sehr viel gelassener als sonst. Vielleicht hatte die Tatsache, daß er sich Manda gegenüber geöffnet und ihr von seiner Vergangenheit erzählt hatte, einiges von der Bitterkeit gelöst, die ihn seit Jahren erfüllte.

»Wir haben nur noch einen Drehtag mit den Kamelen. Aber hab keine Angst, Brent, ich werde den Trainer fragen, ob wir ihnen Maulkörbe anlegen können.«

»Wie großzügig von dir«, meinte Brent düster. »Bei meinem Pech existiert bestimmt irgendein Tierschutzgesetz, das das Anlegen von Maulkörben bei Kamelen streng verbietet.«

Es klopfte. Roman blieb keine Zeit, zu antworten, denn schon wurde die Tür aufgerissen, und Dennis stürmte herein.

»Roman, ich dachte, das würde dich interessieren«, sagte er, während er eine Tageszeitung auf den Couchtisch warf. »Sie war in der Posttasche, die ich heute morgen aus Sydney mitbrachte. Es wird dir nicht gefallen.«

»Sehr gut!« meinte Brent zufrieden. »Er hat ein bißchen Ärger verdient nach seiner rücksichtslosen Nichtbeachtung meiner persönlichen Tragödie.«

Dennis grinste. »Ich habe von deinem kleinen Unfall gehört. Boshafte Biester, was? Aber es geschieht dir ganz recht, mein Lieber. Falls du es vergessen haben solltest – du hast versucht, die Viecher mir und meiner Cessna anzuhängen.«

»Das war nur ein Scherz. Aber wenn du nicht aufhörst zu grinsen, gebe ich meinen Prozentsatz an den Kasseneinnahmen auf, um Roman zu bestechen, damit du die Kamele nach Sydney *zurückfliegen* mußt. Eine hinreißende Vorstellung, wie eines der Biester dir zärtlich das Ohr abknabbert, während du versuchst, deine geliebte Cessna zu landen. Ich sehe dich praktisch vor mir . . .« Brent brach ab, als Roman laut zu fluchen begann. Die Zeitung lag ausgebreitet vor ihm auf dem Tisch, und

Romans Blick ruhte auf einer Serie von Fotos, die auf der Titelseite erschienen waren. »Ich glaube, Dennis hatte recht. Du siehst nicht erfreut aus. Was ist los?«

Mit nur mühsam beherrschtem Zorn warf Roman ihm die Zeitung zu. »*Das* ist los! Wir sind sie bloß an die Fotos gekommen?«

Brent betrachtete die Aufnahmen und pfiff leise durch die Zähne. »Unglaublich. Fotos von uns allen. Sogar von den verflixten Kamelen.« Er runzelte die Stirn. »Eine Frechheit – diese Großaufnahme von dem dämlichen Kamel ist besser als das Foto von mir. Aber es war ja damit zu rechnen, daß sie mich sogar auf Bildern übertreffen würde.« Er las die Überschrift. ›*Exklusive Aufnahmen von Roman Gallaghers neuestem Film.*‹ Er hob den Kopf. »Du hast der Presse keine Erlaubnis gegeben?«

»Natürlich nicht! Ich erlaube nie Presseleute am Drehort.«

»Weshalb dieser Fotoartikel ein echter Knüller ist«, warf Dennis ein. »Wer ihn verkauft hat, muß eine Menge Geld damit gemacht haben.«

Brent runzelte gedankenvoll die Stirn. »Meinst du, jemand aus dem Team hätte beschlossen, sein Gehalt auf diese Weise aufzubessern?«

»Wer sonst?« gab Roman grimmig zurück. »Schließlich ist es ja nicht so, als könnten wir hier einen permanenten Besucherstrom verzeichnen.«

»Das stimmt.« Brent faltete die Zeitung zusammen. »Aber wie hat er den Film aus Deadman's Ridge hinausgeschmuggelt? Im Postsack?«

»Ich glaube nicht, daß er das Risiko eingegangen wäre.« Dennis schüttelte zweifelnd den Kopf. »Es ist ziemlich unwahrscheinlich, daß es mit der normalen Post herausgegangen ist. Aber wie sonst? Die einzigen, die Deadman's Ridge seit Anfang der Dreharbeiten verlassen haben, waren ich und Manda. Es muß also doch mit der Post herausgegangen sein.«

Manda.

Eisige Kälte überfiel Roman und löschte seinen Ärger aus. Manda hatte einmal als Reporterin gearbeitet; Manda hatte gesagt, sie sei vor drei Tagen in Melbourne gewesen. Melbourne oder Sydney? Manda behauptete, Killaroo läge in New South Wales. Warum sollte sie dann in einer dringenden Familienangelegenheit nach Melbourne fahren, das in Victoria lag? »Wann ist der Artikel veröffentlicht worden?« fragte er ruhig.

Brent warf einen Blick auf das Datum. »Vorgestern.«

Die Kälte wurde intensiver. Es war logisch, es paßte alles zusammen.

»Soll ich nach Sydney fliegen und ein paar Jungs von der Sicherheitsabteilung mitbringen, damit sie Nachforschungen anstellen?« schlug Dennis vor.

Roman antwortete nicht.

»Roman?«

»Was?« Er schüttelte den Kopf. »Nein, noch nicht. Vielleicht war es eine einmalige Geschichte. Ich möchte keinen Ärger im Team aufkommen lassen, solange es nicht nötig ist. Wir schauen uns lieber genau den Inhalt des nächsten Postsacks an.« Er stand auf und ging zur Tür. »Ich glaube, ich mache einen Spaziergang. Dabei kann ich besser nachdenken.«

Dennis runzelte die Stirn. »Bist du sicher? Ich glaube, die Sicherheitsabteilung sollte benach . . .«

»Ich sagte nein!« schnitt Roman ihm das Wort ab. »Noch nicht.«

Dennis hob spöttisch lächelnd die Hände. »Na schön.

Wie du willst. Ich hatte nicht die Absicht, deine Autorität anzuzweifeln.«

Roman öffnete die Tür. »Entschuldige. Ich bin ein bißchen nervös. Wir sehen uns später.«

»Schon der zweite Besuch heute in unserem bescheidenen Lager.« Manda lächelte herzlich, als sie vom Stolleneingang zum überdachten Teil des Camps ging. »Ich wäre zu dir gekommen, aber ich wollte zuerst ein Bad nehmen. Sie ging mit den Fingern durch ihr staubbedecktes Haar und schnitt eine Grimasse. »Ich bin völlig verdreckt. Aber jetzt, wo du da bist, möchte ich dir Jacto vorstellen.« Sie schaute sich um und runzelte die Stirn. »Wo steckt er bloß?«

»Er verschwand, sobald er mich über das Feld kommen sah. Anscheinend liegt ihm nichts daran, meine Bekanntschaft zu machen.«

»Verflixt. Jacto benimmt sich wirklich komisch in letzter Zeit.« Dann zuckte sie die Schultern. »Na ja, er wird mir schon irgendwann sagen, was es damit auf sich hat.«

»Manda, was machst du hier?« Romans Frage kam so abrupt, daß sie schon fast grob klang.

Mandas Lächeln verblaßte. »Du weißt, daß ich es dir noch nicht sagen konnte. Du mußt mir noch ein bißchen länger vertrauen.«

»Es fällt mir nicht leicht, jemandem zu vertrauen«, entgegnete Roman mit schmalen Lippen. »Aber ich versuche es. Ist es illegal, was du machst?«

»Was würdest du tun, wenn ich sagte, ja, das ist es?« erkundigte Manda sich neugierig.

»Dir einen Anwalt besorgen und dir den Hintern versohlen, bis du nicht mehr sitzen kannst.«

Sie lachte. »Es ist nicht illegal, du kannst ganz beruhigt

sein. Aber ich bin dir trotzdem dankbar, daß du mich nicht an die Polizei ausliefern würdest.«

Er schüttelte nachdenklich den Kopf. »Das würde ich nie tun. Egal, was du machst.«

»Du benimmst dich genauso komisch wie Jacto. Ist etwas passiert?«

»Nein.« Er betrachtete sie noch immer mit quälender Eindringlichkeit. »Manda, du weißt, daß du zu mir kommen kannst, wenn du Geld brauchst. Ich würde dir alles geben, was du brauchst.«

Fünfhunderttausend Dollar? dachte sie spöttisch. Er hatte ja keine Ahnung, was er sagte. Um soviel Geld konnte sie ihn nicht bitten. »Ich weiß dein Angebot zu schätzen, Roman, aber ich verdiene mein Geld lieber selbst. Falls ich meine Meinung ändern sollte, lasse ich es dich wissen.«

»Tu das. Manda, ich . . .« Er brach ab, als suchte er nach Worten.

Sie schaute ihn verwundert an. »Ja?«

»Nichts«, murmelte er, während er sich abwandte. »Ich gehe zum Caravan zurück. Komm, sobald du kannst.«

Sie lächelte. »Soll ich rennen?«

Der Blick, den er ihr über die Schulter zuwarf, ließ ihr Lächeln verblassen. Verzweiflung, Ärger, Verlangen und noch etwas anderes, was sie sehr schockierte, lag darin. Angst. »Ja«, sagte er gepreßt. »Komm gerannt.«

# 7

»Hör mal, wirst du mir jetzt endlich sagen, was los ist?« Manda stellte ihr Weinglas auf den Tisch zurück. »Ich bin heute abend zu müde, um mich mit Ratespielen zu beschäftigen. Während des ganzen Essens warst du so mürrisch und ungesellig wie ein Koalabär, dem sein Eukalyptus fehlt, und jetzt habe ich allmählich genug davon.«

»Was soll schon los sein?«

»Woher soll ich das wissen?« entgegnete sie. »Heute morgen war alles wunderbar, und heute abend behandelst du mich wie eine Kriminelle.«

»Vielleicht bist du zu empfindlich. Gibt es einen Grund, warum ich dich wie eine Kriminelle behandeln sollte?« Er schaute in den klaren Inhalt seines Weinglases. »Ich habe dir gesagt, daß ich sehr schwierig sein kann. Du wirst übrigens feststellen, daß der Umgang mit mir viel leichter ist, wenn man aufrichtig zu mir ist.«

»Redest du noch immer von meiner Arbeit in der Opalmine? Du weißt doch, daß ich dir alles sagen werde, sobald es möglich ist. Ich möchte gern offen zu dir sein. Nur . . .«

»Keine Ausflüchte!« unterbrach er sie hart. »Keine ›Wenn‹ oder ›Aber‹. Das kann ich von anderen ertragen, aber nicht von dir. Weißt du, wie oft ich in meinem Leben schon belogen worden bin? Als ich ein Kind war, geschah es vermutlich, um mich nicht zu verletzen. ›*Deine Mutter war zu beschäftigt, um zu deiner Prüfungsfeier zu kommen, Roman*‹. Dann, später, hatten die Lügen nichts mehr mit Güte zu tun, nur noch mit Habgier.«

Er trank seinen Chablis in einem Zug aus und stellte

das Glas auf den Tisch zurück. »Ich bin bereit zu akzeptieren, daß du ein Geheimnis vor mir hast, aber es fällt mir nicht leicht. Ich komme mir dumm und ausgenutzt vor, und wenn ich mich so fühle, kann ich sehr . . . brutal sein.«

»Du liebe Güte, soll das eine Drohung sein?« Manda starrte ihn fassungslos an.

»Ich drohe nicht«, entgegnete er müde. »Ich versuche nur, dich zu warnen.«

»Warnen? Wovor willst du mich warnen?«

»Lassen wir das Thema. Ich habe keine Lust mehr zu reden.« Er stand auf, griff nach ihrer Hand und zog Manda auf die Beine. »Ich kenne eine bessere Möglichkeit, uns zu verständigen.« Er wandte sich zum Schlafzimmer und zog Manda hinter sich her. »Laß uns ins Bett gehen.«

»Roman, hör auf.« Manda spürte, wie Ärger und Enttäuschung in ihr erwachten. »Ich will es nicht.«

»O doch. Du bist eine sehr sinnliche Frau.« Er machte Licht und drückte Manda aufs Bett. Sie blieb auf der Kante sitzen und beobachtete Roman, wie er sein Hemd aufknöpfte. »Es wird dir auch Spaß machen, sobald du dich entspannst.«

»Entspannen? Spaß?« fragte sie empört. »Ich denke nicht daran, mich zu entspannen.«

Er streifte sein Hemd ab und ließ es auf den Boden fallen. Seine Muskeln schimmerten im Lampenlicht, und wieder wurde Manda die Kraft bewußt, die in diesen Muskeln steckte. Sie atmete scharf ein und verspürte ein angenehmes Prickeln in ihrem Magen. Es kam ihr endlos lange vor, seit sie sich zum letzten Mal geliebt hatten. Die sexuelle Spannung zwischen ihnen füllte plötzlich den ganzen Raum aus.

»Wir werden sehen«, meinte er. »Vielleicht wäre es für

uns beide erregender, wenn du dich nicht entspannst. Du brauchst mich nicht anzusehen, als sei ich ein Vergewaltiger. Ich habe nicht vor, dich zu zwingen, Manda.«

Er begann, ihre Bluse aufzuknöpfen. »Wenn du willst, daß ich aufhöre, tue ich es.« Er zog die Bluse auf und öffnete den Verschluß ihres BHs. Während er ihr die Träger von den Schultern streifte, schaute er ihr lächelnd in die Augen. »Du brauchst es nur zu sagen.« Seine kräftigen Hände umfaßten ihre vollen Brüste, schlossen sich darum und öffneten sich wieder, in einem gleichmäßigen, sehr sinnlichen Rhythmus.

Manda schnappte nach Luft, als die Lust wie eine alles verzehrende Flamme durch ihren Körper schoß. Der Druck seiner breiten Hände auf ihren Brüsten war unglaublich erregend. Seine Daumen glitten über ihre Brustspitzen, und seine dunklen Augen, die nicht aufhörten, sie anzuschauen, waren schwarz und verhangen vor Verlangen. »Aber warum solltest du nein sagen?« murmelte er heiser. »Du willst es doch genauso sehr wie ich, oder?«

»Ja«, flüsterte sie. »Aber so nicht, nicht . . .« Sie brach ab und stöhnte leise auf, als er Daumen und Zeigefinger um ihre zarten Knospen schloß und zudrückte, gerade hart genug, um eine Stichflamme der Lust durch ihren Körper zu schicken. Mandas Bauchmuskeln zogen sich zusammen und entspannten sich wieder.

Roman beobachtete sie mit prüfendem Blick. »Magst du das?« Er zupfte sanft, und sie schloß aufstöhnend die Augen, krümmte unbewußt den Rücken und bog sich ihm entgegen. »Ich auch. Du bist so wahnsinnig schön. Weißt du, wie bezaubernd und verführerisch du bist? Wie hart und aufregend deine Brustwarzen sich zwischen meinen Fingern anfühlen?« Seine Daumen und

Zeigefinger führten ihre sanfte Massage fort. »Als du fort warst, lag ich hier in diesem Bett und wäre fast verrückt geworden, so habe ich gelitten. Genau wie ich jetzt leide. Bist du auch so verrückt nach mir, daß es schmerzt, Manda?«

Er nahm seine Hand von ihrer Brust und ließ sie langsam über ihren flachen Bauch gleiten. Sie erschauerte. Seine Hand hinterließ eine feurige Spur auf ihrer Haut. »Mach die Augen auf, Darling. Ich möchte sehen, wie sehr du mich begehrst.«

Sie öffnete die Augen. Sein Gesicht hatte jegliche Härte oder Rücksichtslosigkeit verloren. Ein sinnlicher Ausdruck lag um seinen Mund, seine Augen glühten vor Verlangen. Sie konnte das unregelmäßige Pochen seines Pulses an seinem Hals sehen. »Sag mir, daß du mich willst«, forderte er heiser. »Ich muß wissen, ob das nicht auch eine Lüge war. Du brauchst mir nicht zu sagen, daß du mich liebst, aber ich will wissen, ob du mich begehrst.«

»Ich begehre dich.« Ihre Worte kamen zögernd, wie durch einen Schleier aus Verwirrung und sinnlicher Lust. »Und ich liebe dich.«

Er antwortete nicht, sondern öffnete den Verschluß von Mandas Shorts und zog sie langsam über ihre Hüften. »Was möchtest du heute nacht von mir? Was soll ich tun?« Er sank auf die Knie und schlang die Arme um ihre Beine und Knie. Das weiche, lockige Dreieck auf seiner Brust kitzelte aufreizend an Mandas Schenkeln, während seine Zähne zärtlich knabbernd über die seidenweiche Haut auf ihrem Bauch glitten.

»Hast du es gern, wenn ich vor dir knie? Gibt es dir das Gefühl, Macht zu besitzen? Möchtest du, daß ich mir eine Geschichte über eine Amazone ausdenke, die Männer benutzt und dann fortschickt?« fragte er lächelnd und strich mit dem Daumen über das weiche Haar, das ihre intimste Stelle verbarg.

Dann hob er den Kopf und schaute Manda in die Augen, während er spielerisch an ihren Haaren zupfte. »Du zitterst ja! Vielleicht magst du das lieber.« Er blies sanft, und sie erschauerte und stieß einen leisen, erstickten Schrei aus.

Roman schob seine Hände unter ihre festen Schenkel und drückte sie sanft. »Wir haben gerade erst angefangen mit unseren erotischen Vorstellungen. Du mußt mir sagen, was du am liebsten hörst. Reizt dich der Gedanke an Macht?«

Manda schwankte. Sie hörte Romans Worte kaum durch das erotische Netz, das er um sie zu spinnen begonnen hatte. Er reizte sie. Jede Berührung von ihm. Sein Duft. Sein großer, so aggressiv maskuliner Körper. Aber irgend etwas stimmte nicht, irgend etwas störte die sinnliche Stimmung. Was hatte er gesagt? Ob Macht sie reizte? Sie schüttelte den Kopf. »Nein. Ich habe mir noch nie Macht über jemanden gewünscht.«

»Unterwerfung ist dir also lieber? Hm, ich gebe zu, daß dieses Spiel mir auch besser gefällt.« Er richtete sich plötzlich auf. »Bleib sitzen und warte auf mich.« Er lächelte verheißungsvoll. »Es dauert nicht lange.« Dann zog er sich rasch aus.

Manda saß auf der Bettkante und beobachtete ihn. Das braune Satinlaken fühlte sich angenehm kühl an. Sie brauchte diese Kühle, denn sie hatte das Gefühl, von innen her zu verbrennen. Ein erwartungsvolles Beben erschütterte ihren Körper. Roman war so groß, er dominierte den Raum, und heute nacht strahlte er etwas Gefährliches aus, was Manda ebenso erregte, wie es sie verwirrte.

Dann war er nackt und lächelte sie an, wieder mit

diesem merkwürdig rücksichtslosen Ausdruck auf seinem Gesicht. Er setzte sich neben sie auf das Bett, achtete jedoch darauf, sie nicht zu berühren. »Du gehörst mir«, sagte er leise. »Ich bin der kommandierende General der Invasionstruppen des Cäsars in Britannien, und du bist die Tochter eines sächsischen Königs. Dein Volk ist besiegt, und du bist meine Gefangene. Ich sah dich, wollte dich besitzen, und befahl meinen Männern, dich in mein Zelt zu bringen.«

Er berührte sie auch jetzt noch nicht, aber sein Blick, der mit bewußter Sinnlichkeit über ihren Körper glitt, war wie ein Streicheln. »Ich habe dir versprochen, deinen Vater freizulassen und deinem Volk die Niederlage zu erleichtern.« Er streckte eine Hand aus und berührte das seidige Haar an ihrer Schläfe. »Aber nur, wenn du mir gehorchst, wenn du mir Vergnügen bereitest und meine Geliebte und meine Sklavin wirst. Du hast keine andere Wahl.« Seine Hand glitt von ihrem Haar zu ihrer Brust. »Oder doch?«

Seine Hand war schwer, brannte auf ihrer Haut, und Manda glaubte zu ersticken. »Nein«, flüsterte sie. Ihre Erregung war beinahe unerträglich, ausgelöst durch Romans erotische Phantasie, seine Berührungen, seine Stimme. »Ich glaube nicht.«

»Dann komm her.« Er blieb ruhig sitzen und wartete. »Steh auf und stell dich vor mich hin. Ich möchte, daß du mir gehorchst.«

Sie wußte nicht, ob sie fähig war aufzustehen. Ihre Knie waren wie aus Wachs. Und doch stand sie auf einmal zwischen Romans Beinen.

»So ist es gut«, murmelte er. Er schloß seine Lippen um eine ihrer Brustspitzen und saugte sanft daran. »Bleib einfach stehen und laß mich dich mit meinen Händen und meinem Mund nehmen.« Seine Handflächen glitten über ihren nackten Rücken zu ihrem Po hinunter. Er schloß die Augen. Ein Erschauern ging durch seinen Körper. »Ich liebe deinen Duft. Du riechst nach Blumen, Leben und Frau. Manchmal brauchst du nur zwei Schritte entfernt von mir vorbeizugehen, und meine Erregung ist so groß, daß es schmerzt.«

Seine erotischen Vorstellungen begannen sich mit der Wirklichkeit des Augenblicks, mit ihrem tatsächlichen Verlangen nacheinander zu vermischen, und das fand Manda noch erregender. »Roman, ich glaube, ich kann nicht viel länger stehenbleiben.«

»Dann setz dich hin.« Dann saß sie auf seinen Beinen. »Nimm mich. Genieße mich. Ganz langsam, Manda.«

Sie sank an seine Brust und flüsterte schweratmend: »Es ist . . . zuviel.«

Er verstand sie falsch. Er hob den Kopf, und sie erlebte einen sinnlichen Schock – das Verlangen, das in seinen Augen stand, war so unbeherrscht und primitiv wie die erotische Szene, die er sich für sie ausgedacht hatte. »Nein, du wirst feststellen, daß es gerade reicht«, entgegnete er mit belegter Stimme. »Du hast mich beim letzten Mal gut in dich aufgenommen. Wir passen zusammen. Unsere Körper, unsere Herzen, unsere Seelen. Komm.« Er zog sie vor und füllte sie ganz langsam aus. Sein Blick ruhte auf dem unruhig flatternden Puls an Mandas Kehle, seine Nasenflügel bebten. »Du gehörst mir. Du wirst immer mir gehören. Du *willst* mich doch in dir haben, oder?«

»Ja.«

Er zog sie noch näher an sich heran. Eine Hitzewelle schoß durch Mandas Körper; sie hatte das Gefühl, als habe Roman ihr sein Brandzeichen aufgedrückt. »Jedesmal, wenn ich dich will, wirst du kommen. Du wirst mir deine Lippen geben, deine Zunge und deine Brüste. Du wirst dich von mir herunterziehen und mich in dich eindringen lassen. So.« Mit einer abrupten Bewegung zog er sie vor.

Manda stöhnte auf und umklammerte haltsuchend seine Schultern. Es war fast unerträglich, ihn voll und ganz in sich zu spüren, ihn in seiner ganzen Stärke aufzunehmen, und doch so befriedigend. Sie biß die Zähne zusammen in Erwartung des Sturms, der sich in ihr zusammenballte.

»Versprich es mir.«

Sie konnte nicht sprechen, nicht einmal denken. Sie preßte sich nur sehnsüchtig an ihn.

Er hielt sie noch immer in dieser unglaublich intimen Pose fest. »Versprich es mir.«

»Ich verspreche es«, flüsterte sie mühsam. Ihre Kehle war so eng, daß die Worte fast nicht zu verstehen waren.

»Gut.« Wilder Triumph klang in seiner Stimme mit. »Und ich verspreche dir, dir immer *das* zu geben.« Er ließ sich aufs Bett zurückfallen und zog Manda mit sich. Dann begann er sich mit ungestümen, heftigen Bewegungen in ihr zu bewegen.

Manda stockte der Atem, sie konnte sich nicht rühren und keinen klaren Gedanken fassen in dem Wirbelsturm der Leidenschaft, der beide in unbekannte Höhen mitriß. Vernunft war ein Wort, das jetzt keine Bedeutung mehr für sie besaß. Es gab nur noch Roman, seine Besitzansprüche und das Gefühl, ihm ganz nahe zu sein. Sie krallte ihm die Fingernägel in die Schultern und stöhnte lustvoll auf.

»Du willst mich!« Seine Augen leuchteten triumphierend. »Und das ist keine Lüge, nicht wahr?«

Lüge? Was redete er da? Nichts konnte echter oder ehrlicher sein als das, was sie in diesem Moment empfand.

»Oder?«

»Ich weiß nicht, was du . . .« Ihre Stimme brach. Sie stieß einen heiseren Schrei aus, als der sinnliche Sturm, der in ihr tobte, seinen Höhepunkt erreichte und sie auf den Gipfel der Ekstase trug.

Nur undeutlich war ihr bewußt, daß Romans Bewegungen schneller wurden, aber sie spürte das heftige Erschauern, das seinen Körper erfaßte, und dann sank er stöhnend gegen sie. Seine breite Brust hob und senkte sich unter unregelmäßigen Atemzügen, ein Zittern lief durch seinen großen Körper.

»Roman.« Auch ihr Atem kam in kurzen, flachen Zügen. Sie schaute verwundert auf Romans Kopf hinunter, der auf ihrer Brust ruhte. »Ich verstehe es nicht. Warum?«

»Ich verstehe es auch nicht. Aber ich glaube, auf erotische Vorstellungen dieser Art verzichten wir in Zukunft lieber. Ich könnte nämlich nie sagen, wer der Sklave ist und wer der Herrscher. Ich habe das Gefühl, in Ketten zu liegen.«

Manda auch. Sie fühlte sich gefesselt, gebunden . . . und sehr unbehaglich. »Ich glaube, es war ziemlich offensichtlich, wer wen beherrschte.«

»So?« Roman rollte sich zur Seite. »Das glaubst du, weil du die Geschichte nicht durchschaut hast.«

»Vielleicht, aber dafür habe ich etwas anderes gesehen.« Sie richtete sich auf und strich sich das feuchte Haar aus der Stirn. »Und ich bin gar nicht sicher, daß es mir gefallen hat.«

»Unsere kleine Geschichte?« Er zuckte die Schultern. »Wir lassen uns etwas anderes einfallen, wenn du willst. Ich hatte den Eindruck, als machte es dir Spaß.«

»So war es. Wieso auch nicht? Du bist ein wundervoller Liebhaber, Roman. Aber du hast mich verführt, und das gefällt mir überhaupt nicht. Ich will aus freiem Willen zu dir kommen.« Sie runzelte die Stirn. »Und da war noch etwas, was mir nicht an dir gefallen hat – etwas Dunkles, Gefährliches.«

Roman lächelte schwach. »Ich bin recht harmlos, Manda.«

»Dessen bin ich nicht so sicher.« Sie glitt vom Bett und begann ihre Kleider einzusammeln. »Du hast mir einmal gesagt, du wärst kein harter Mann, wünschtest dir jedoch oft, es zu sein.« Sie richtete sich auf und schaute ihm fest in die Augen. »Ich glaube, jetzt hast du es fast erreicht. Heute abend habe ich die Härte in dir gespürt, und das hat mir nicht gefallen.«

»Komisch, ich dachte, es hätte dir sogar *sehr* gefallen. Laß die Kleider liegen und komm ins Bett zurück. Dann versuchen wir es noch einmal.«

»Du weißt, daß ich damit nicht meinte . . .« Sie holte tief Luft. »Ich kann nicht einmal mit dir reden. Du hast eine Mauer um dich errichtet und mich ausgesperrt.« Sie begann sich rasch anzuziehen. »Ich habe Mauern immer gehaßt. Wenn ich sie nicht einreißen oder umgehen kann, schlage ich gewöhnlich einen anderen Weg ein, der mich in eine andere Richtung führt.«

»Nein!« Roman sprang auf und trat vor Manda. »Ich lasse nicht zu, daß du mich verläßt.«

»Ich will dich nicht verlassen.« Manda spürte, wie ihre Augen sich mit Tränen füllten. »Ich will dich lieben, mehr nicht, aber diese Situation kann ich nicht ertragen. Ach, verdammt!« Sie schnappte sich ihre Tennisschuhe und lief aus dem Schlafzimmer.

»Manda, komm sofort zurück!«

»Nein. Jetzt nicht.« Sie stand schon an der Tür des Wohnmobils und drehte sich noch einmal zu Roman um.

»Ich lasse mich nicht von dir zerstören. Liebe ist kein Gefühl, das schmerzen sollte.«

Damit ging sie hinaus und ließ die Tür hinter sich zufallen.

Das erste Stück des Weges brachte sie mit großen, eiligen Schritten hinter sich, weil sie befürchtete, Roman könne sich anziehen und ihr folgen.

Als sie jedoch merkte, daß die Nacht still blieb und kein Motorengeräusch erklang, ging sie langsamer. Tränen liefen über ihre Wangen, und ein verzweifeltes Schluchzen schüttelte ihren Körper. So durfte Jacto sie nicht sehen. Sie wischte ihre Tränen ab und atmete mehrmals tief durch, um sich zu beruhigen.

Natürlich war sie ziemlich sicher, daß Jacto ihr trotzdem anmerken würde, in welcher Verfassung sie war. Er kannte sie viel zu gut, als daß sie ihm etwas vormachen konnte.

Aber als sie das Lager erreichte und sah, daß keine Laterne brannte und alles still war, atmete sie auf. Vielleicht brauchte sie ihn doch nicht zu belügen. Dann sah sie, daß er nicht an seinem üblichen Schlafplatz neben dem Feuer lag.

Mit einem komischen Gefühl im Magen ging Manda zu dem überdachten Platz vor dem Stolleneingang. Irgend etwas stimmte nicht. Jacto war zu still, und er schlief nie unter dem Dach, weil er lieber den Sternenhimmel über sich sah. »Jacto!« rief sie besorgt und rannte los, bis sie den Stolleneingang erreichte. »Jacto!«

*Blut*. Eine dünne Blutspur durchtränkte das blau-weiße Halstuch, das Jacto um sein ergrautes Haar gebunden hatte. Es war Mandas Halstuch. Sie sah, daß ihr Rucksack offen und sein Inhalt durchwühlt war, als hätte

Jacto blindlings nach etwas gesucht, womit er seine Blutung stillen konnte, bevor er das Bewußtsein verlor.

Manda ließ sich neben ihm auf die Knie fallen. Wellen der Übelkeit schüttelten sie. »O nein, Jacto, nein!« flüsterte sie. Ob er gestürzt war und sich den Kopf aufgeschlagen hatte? Oder . . . Was machte es schon, was passiert war? Jacto war verletzt, lag vielleicht im Sterben. Sie mußte etwas tun.

Behutsam wickelte sie das blutdurchtränkte Tuch ab. Die Wunde an seiner Schläfe blutete noch, aber nur sehr schwach. Das war gut, oder? Vielleicht auch nicht. Manda wußte es einfach nicht. Ihre Hände zitterten so stark, daß sie die Hälfte des Wassers aus der Feldflasche verschüttete, als sie versuchte, Jactos Wunde zu reinigen. Sie war nicht so tief, wie sie befürchtet hatte, und das kalte Wasser hatte den gewünschten Effekt, die Blutung zum Stillstand zu bringen. Aber Jacto war immer noch bewußtlos und atmete sehr flach.

»Du darfst nicht sterben, Jacto. *Bitte,* stirb nicht! Halt aus, Jacto, halt aus!« Wahrscheinlich hatte er eine Gehirnerschütterung, aber das bedeutete noch lange nicht, daß er sterben mußte. Viele Menschen hatten eine Gehirnerschütterung überlebt. Sie mußte Hilfe herbeiholen. Jacto mußte geröntgt werden, brauchte eine Bluttransfusion und . . .

»Tut mir leid, daß ich dein Tuch nehmen mußte. Ich kam nicht mehr bis zu meinem eigenen Rucksack.« Jactos Stimme klang ganz schwach und dünn. »Ich besorge dir ein neues.«

Seine Augen waren offen! Manda wurde ganz schwindlig vor Erleichterung. »Gott sei Dank, du bist wieder bei Bewußtsein! Ich hatte solche Angst um dich. Was ist passiert?« Sie runzelte die Stirn. »Nein, sag nichts. Es ist sicher besser, wenn du nicht redest. Mach die Augen zu.«

Jactos breite Lippen verzogen sich zu einem schwachen Lächeln. »Ich will die Augen nicht zumachen. Es geht mir schon besser, und gleich werde ich wieder ganz in Ordnung sein. Du brauchst keine Angst zu haben. Ich verlasse dich noch nicht.«

Noch nicht. Manda stockte der Atem vor Angst beim Gedanken, Jacto könnte sie verlassen. Sie lächelte unsicher. »Das solltest du auch lieber nicht tun. Was soll ich ohne dich anfangen?«

Seine dunklen Augen blickten müde. »Was wir alle tun. Weitergehen. Aber noch nicht, Manda, noch nicht.«

»Wenn du schon unbedingt so stur sein mußt, kannst du mir auch sagen, was passiert ist. Bist du gestürzt?«

»Nein. Ich ging zum Bach, und als ich zurückkam . . .« Er machte eine Bewegung mit den Schultern und zuckte vor Schmerz zusammen. »Unser Eindringling ist wieder da. Ich dachte, er hätte es aufgegeben, als er nach jener ersten Nacht nicht mehr erschien.«

»Jemand hat dich *niedergeschlagen?* Hast du gesehen, wer es war?«

»Nein, er muß hinter dem großen Kautschukbaum gewartet haben. Ich hörte ein Rascheln, und dann bekam ich einen Schlag auf den Kopf.« Er verzog das Gesicht. »Es tat sehr weh. Ich erwachte viel später und kam hierher zurück. Es war nicht einfach.«

»Und hier hast du wieder das Bewußtsein verloren. Du hättest sterben können, Jacto. Warum sollte jemand so etwas tun wollen?«

»Um mich aus dem Weg zu schaffen«, erwiderte er schlicht. »Ich hätte jeden gesehen, der in den Stollen stieg. Derjenige, der mich niedergeschlagen hat, wollte anscheinend feststellen, was du dort unten machst.«

»Ich hätte nie gedacht, daß ich dich in Gefahr bringen könnte, als ich dich bat, mich zu begleiten. Es tut mir wahnsinnig leid, Jacto.« Sie fuhr sich abwesend mit der Hand durch ihr Haar. »Verdammt, vielleicht finde ich den Stein ja gar nicht! Du hättest dein Leben verlieren können, und alles wegen einem Haufen Schutt und ein paar albernen Zeichnungen von Känguruhs und Beutelmäusen.«

»Ich dachte, es wären Zeichnungen von Vögeln.«

»Das war in dem anderen Tunnel. In diesem habe ich nur Beuteltiere gefunden«, erwiderte sie geistesabwesend. »Was bedeutet es schon? Ich habe dein Leben aufs Spiel gesetzt und . . .«

»Du hast es nicht aufs Spiel gesetzt. Ich lenke mein Leben selbst.«

»Dann lenk es jetzt auf direktem Wege aus Deadman's Ridge heraus! Ich gehe nicht das Risiko ein, dich noch einmal in Gefahr zu bringen.«

»Aber du bleibst.« Es war eine Feststellung, keine Frage.

»Bettler können nicht wählerisch sein. Es bleibt mir nicht mehr viel Zeit, und es ist die einzige Möglichkeit, die ich habe, an das Geld zu kommen.«

Jacto maß sie mit prüfendem Blick. »Du bist noch immer sicher, daß der Opal irgendwo dort unten ist?«

Manda nickte. »Man sollte meinen, ich würde aufgeben, nicht? Aber ich habe ein ganz starkes Gefühl, daß die Schwarze Flamme irgendwo in diesem Stollen ist. Seit ich die Vogelzeichnungen entdeckte, kommt es mir fast so vor, als sei Charlie bei mir und versuchte, mir zu helfen.« Sie lächelte. »Das klingt, als wäre ich diejenige, die einen Schlag auf den Kopf bekommen hat.«

»Vielleicht führt dein Vorfahr dich. Wenn es so ist,

wäre es sehr dumm von dir, die Suche aufzugeben. Wir bleiben.«

»*Ich* bleibe. *Du* gehst.«

»Ich werde über deine Worte nachdenken.«

»Jacto, ich lasse nicht zu, daß du . . .«

»Was zum Teufel ist hier los?« schnitt Romans scharfe Stimme ihr das Wort ab. »Hat es einen Unfall gegeben?« Er stand bei dem Vordach und schaute auf Jacto und das blutige Tuch in Mandas Hand herab. »Warum hast du mich nicht geholt, Manda?« fragte er barsch, bevor er neben Jacto niederkniete. »Was kann ich für ihn tun?«

Manda wurde ganz warm ums Herz. Roman war da. Sie war nicht mehr allein mit ihrer Angst und ihrem Schuldbewußtsein. Er würde Jacto zu helfen wissen. »Roman, es ist etwas Schreckliches passiert. Jacto hat . . .«

»Hatte einen Unfall«, fiel ihr Jacto ins Wort, während er ihr einen beschwörenden Blick zuwarf. »Aber es geht mir schon besser. Ich werde schlafen und aufwachen und wieder einschlafen. Danach wird wieder alles in Ordnung sein.«

»Ich könnte einen Arzt aus Coober Pedy holen«, bot Roman an. »Oder Jacto in die Klinik bringen.«

»Nein.« Jacto schaute ihn nicht an. »Ich bin hier besser aufgehoben.«

»Jacto, es wäre sicher klüger, dich von einem Arzt untersuchen zu lassen«, meinte Manda sanft. »Laß Roman den Doktor holen.«

Jacto lächelte. »Ich habe nicht all diese Jahre gelebt, um mir jetzt von einem Doktor sagen zu lassen, was ich zu tun habe.« Er schloß die Augen. »Ich nehme mein Leben selbst in die Hand. Und jetzt möchte ich schlafen. Laßt mich allein.«

»Jacto . . .« Manda betrachtete ihn hilflos. Sein Gesicht trug einen gelassenen, völlig ruhigen Ausdruck, seine Augen waren fest geschlossen. Er hatte sich entschieden, und nichts würde ihn davon abbringen. Manda seufzte. »Na schön, du störrischer alter Mann, aber sieh zu, daß du bald wieder gesund wirst. Hast du gehört?«

Jacto hielt die Augen fest geschlossen, aber um seine Mundwinkel spielte ein Lächeln. »Ich habe dich gehört, Manda.«

»Komm, Roman.« Sie richtete sich auf und trat ins Freie. »Laß ihn schlafen.«

»Bist du sicher, daß er keinen Arzt braucht?« erkundigte Roman sich besorgt, als er neben ihr ans Lagerfeuer trat. »Er ist ein alter Mann.«

»Nein, sicher bin ich nicht«, antwortete sie müde. »Es gibt nichts mehr, dessen ich mir sicher bin. Alles stürzt um mich herum zusammen. Warum passieren solche schlimmen Dinge Menschen wie Jacto? Es ergibt überhaupt keinen Sinn.«

»Nein.« Romans Stimme klang sehr sanft. »Aber was soll ich dazu sagen, Manda? Diese Dinge kommen vor, und wir müssen uns damit abfinden und unseren Weg weitergehen.«

»Das hat Jacto auch gesagt.« Sie starrte blind in die Flammen. »Er sagte, eines Tages würde er nicht mehr für mich da sein und ich müßte ebenfalls weitergehen. Es fällt mir nicht leicht, so etwas zu akzeptieren. Es ist mir vorher nie bewußt gewesen, aber ich neige dazu, unangenehme Umgebungen sehr schnell zu verlassen. Ich konnte mir immer etwas Schöneres am Horizont vorstellen, deshalb sah ich nicht ein, warum ich bleiben sollte, wo es gefährlich oder häßlich war. Aber wahrscheinlich kann man das nicht sein Leben lang tun. Ich wünschte, man könnte es«, fügte sie sehnsüchtig hinzu.

»Ich wünschte, man brauchte nichts als Schönheit und angenehme Dinge zu sehen.«

»Ich weiß.« Roman betrachtete sie mitleidig. Ihr Schicksal würde sich schon bald erfüllen, und er konnte nur dabeistehen, abwarten und versuchen, es ihr leichter zu machen, wenn der Augenblick kam. »Du bist müde. Du solltest schlafen. Ich wache über Jacto.« Er schnitt eine Grimasse. »Falls er es zuläßt. Ich glaube, er mag mich nicht. Er hat mich nicht einmal angeschaut, als ich vor ihm stand.«

»Das stimmt. Du hast recht. Merkwürdig.« Manda massierte ihren Nacken, um die Spannung zu lindern. »Vielleicht schlafe ich ein bißchen. Weck mich . . .« Sie brach verwirrt ab. Was redete sie da? Es lauerte Gefahr in der Umgebung des Stollens. Der Mensch, der Jacto niedergeschlagen hatte, konnte zurückkommen. Es war ihr nicht gelungen, Jacto dazu zu bewegen, fortzugehen, aber Roman würde sie nicht auch noch in Gefahr bringen. »Nein, ich halte selbst Wache. Jacto ist mein Freund. Du gehst zu deinem Caravan zurück.«

»Und du bist meine Freundin«, entgegnete Roman ruhig. »Ich lasse dich nicht allein.«

Ihr wurde ganz warm bei seinen Worten. Gewalttätigkeit und Leid existierten, aber auch Liebe, Fürsorge und Freundschaft. Dennoch schüttelte sie den Kopf. »Bitte, ich möchte, daß du gehst. Ich komme sehr gut allein zurecht.«

Roman musterte sie stirnrunzelnd. »Hör mal, Manda, ich weiß, daß du böse auf mich bist, aber wir müssen beide vergessen, was heute nacht bei mir im Wohnmobil geschehen ist. Schließ mich nicht aus, wenn du mich brauchst.«

Manda schaute ihn überrascht an. Seit sie ihn so überstürzt verlassen hatte, war sie mit der Möglichkeit von Tod oder einer ernsthaften Verletzung konfrontiert worden. Im Vergleich dazu schienen ihre Meinungsverschiedenheiten geradezu lächerlich. Roman war zu ihr gekommen und hatte ihr Unterstützung angeboten, als sie ihn brauchte, und nur das war von Bedeutung.

Andererseits war es besser, daß er nichts von ihrem Stimmungswechsel ahnte, wenn sie ihn vor drohender Gefahr schützen wollte. Er durfte nicht hierher kommen, und sie würde sich in Zukunft nicht mehr sicher fühlen, wenn sie Jacto allein ließ, um zu Roman zu gehen. Das beste war sicher, Roman im Glauben an eine echte Entzweiung zu lassen.

Sie senkte den Kopf und starrte ins Feuer. »Es ist nicht so leicht zu vergessen. Ich brauche Zeit dazu. Es ist besser, wenn wir uns für eine Zeitlang nicht sehen.«

»So ein Blödsinn!« widersprach Roman ärgerlich. »Meinst du etwa, einer von uns beiden würde sich ändern, bloß weil wir uns eine Weile nicht sehen?«

»Du vielleicht nicht, aber ich habe in letzter Zeit einige große Veränderungen in meinem Leben bemerkt.« Sie bemühte sich zu lächeln. »Und ich kann nicht behaupten, daß ich froh darüber bin. Es ist verdammt unbequem für mich. Ich brauche Zeit für mich selbst, Roman.«

Sein Gesichtsausdruck verlor etwas von seiner Härte. »Wie lange? Ich bin kein geduldiger Mann, Manda.«

»Du mußt deinen Film drehen. Wie wäre es, wenn wir von neuem darüber reden würden, sobald die Dreharbeiten abgeschlossen sind? Bevor du nach Sydney zurückfährst?«

Roman schwieg lange. »Du weißt sicher, daß es nicht leicht sein wird, für keinen von uns. Ich werde ständig mit der Versuchung kämpfen, herzukommen und dich zurückzuschleppen in mein Bett.«

»Und ich gegen die Versuchung, mich mitschleppen

zu lassen«, flüsterte Manda. »Aber es geht nicht, Roman. Wir brauchen diese Zeit der Trennung.«

Er schwieg wieder. »Ich werde es versuchen. Ich kann dir nichts versprechen, aber ich versuche es zumindest.« Er schien zu zögern. »Bist du sicher, daß ich nicht doch bleiben soll, um dir bei Jacto zu helfen?«

»Ganz sicher. Mach dir keine Sorgen um uns. Wir kommen schon zurecht.«

Roman lächelte schief. »Natürlich mache ich mir Sorgen. Das hängt mit der Umgebung zusammen.« Er wandte sich ab. »Gute Nacht, Manda. Wenn du etwas brauchst, komm bitte zu mir.«

»Gute Nacht.« Sie schaute ihm nach, bis er nur noch ein Schatten in der Ferne war. Erst dann wurde ihr bewußt, wie still und einsam es hier war, im Gegensatz zu der aktiven Geschäftigkeit, die in dem Lager herrschte, zu dem Roman zurückkehrte. Der Gedanke erfüllte sie mit dem wilden Verlangen, ihm nachzulaufen.

Impulsiv machte sie einen Schritt vorwärts, dann blieb sie stehen. Sie konnte Roman nicht nachlaufen; sie konnte überhaupt nirgendwohin laufen. Sie mußte bleiben und Jacto beschützen. Er war ihr Freund, und es war nicht nur ihre Pflicht, sondern auch ihr Vorrecht, über ihn zu wachen. Die Erkenntnis erfüllte sie zuerst mit Erstaunen, dann mit einem merkwürdigen Ernst.

Sie wandte sich zum Vordach und kroch zu Jactos Rucksack. Es dauerte nicht lange, bis sie sein Jagdmesser gefunden hatte. Das lange Messer in der Hand, hockte sie sich neben Jactos Lager und suchte mit aufmerksamen Blicken die dunkle Umgebung ab.

# 8

»Du hast einen Anruf im Meldezelt.« Dennis setzte sich neben das Lagerfeuer und nahm die Tasse Tee, die Manda ihm reichte. »Gut, daß ich dich noch erwischt habe, bevor du in dein Loch geklettert bist.« Er verzog das Gesicht. »Ich weiß nicht, wie du es da unten aushältst. Ich würde Platzangst kriegen. Mir ist weites, offenes Gelände lieber. Deshalb bin ich wahrscheinlich auch Pilot geworden.« Er wandte sich an Jacto. »Wie geht's, alter Freund? Sie sehen schon viel besser aus als vorgestern.«

»Es geht mir gut«, sagte Jacto, bevor er einen Schluck Tee trank. »Die Tabletten, die Sie mir mitbrachten, haben sehr gut geholfen gegen meine Kopfschmerzen.«

»Das dachte Roman auch. Er war sehr besorgt um Sie beide. Ich mußte ihm jedesmal, wenn ich hier war, ausführlich Bericht erstatten.«

Manda spürte, wie eine Welle der Zuneigung für einen Moment die Besorgnis vertrieb, die sie seit der Nachricht von dem Telefonanruf beherrschte. Rasch stellte sie ihre Tasse fort und stand auf. »Bleib hier und rede ein bißchen mit Jacto, Dennis. Ich komme gleich zurück.«

»Warte. Ich muß auch zurück.« Dennis trank rasch seinen Tee aus.

»Nein, ich . . .« Sie warf Jacto einen unsicheren Blick zu. Es war heller Tag, und in wenigen Minuten würde sie zurück sein. Er war bestimmt nicht in Gefahr. »Na schön. Ich bin gleich wieder da, Jacto.«

»Ich bin sicher, daß ich deine Abwesenheit überleben werde«, entgegnete der alte Mann trocken. »Es ist mir jahrelang gelungen.«

Manda schaute ihn kopfschüttelnd an, bevor sie sich umwandte und mit großen Schritten das Opalfeld überquerte.

Dennis beeilte sich, an ihrer Seite zu bleiben. »Du machst dir Sorgen um Jacto«, bemerkte er. »Ich glaube, ich habe dich noch nie derart besorgt um irgend etwas gesehen. Ist die Kopfwunde so schlimm?«

»Nein, es ist höchstens eine milde Gehirnerschütterung. Ich war zu Tode erschrocken, als es vor drei Tagen passierte, aber jetzt ist er fast schon wieder so gesund wie immer.«

»Was man von dir nicht behaupten kann.« Dennis maß Manda mit prüfendem Blick. »Du siehst etwas mitgenommen aus. Ich will nicht neugierig erscheinen, aber lohnt es sich wirklich, mit dieser Schufterei dort unten im Stollen deine Gesundheit aufs Spiel zu setzen?«

»Ja.«

»Du weißt, daß du jederzeit auf meine Hilfe zählen kannst.«

»Ich weiß.« Sie lächelte ihn an. »Danke, Dennis.«

Er grinste. »Solange du nicht von mir verlangst, mit dir in dieses Loch zu steigen, stehe ich zu deinen Diensten.«

Sie hatten das Nachrichtenzelt erreicht, und Dennis bedeutete Manda mit einer Handbewegung einzutreten. »Ich warte hier draußen. Es ist irrsinnig heiß dort drinnen.« Er lehnte sich an die Zeltwand und zog eine Zigarette aus seiner Hemdtasche. »Dann gehen wir ins Kantinenzelt und frühstücken zusammen. Das Essen dort ist gar nicht so übel.«

Manda lächelte ihn geistesabwesend an und betrat das Zelt. Fünf Minuten später kam sie mit verwirrter Miene zurück. »Dennis, du wettest doch gern. Hast du schon einmal von einem Casino namens ›The Wombat‹ gehört? In Brisbane?«

Er schüttelte den Kopf. »Nein, keine Ahnung. Warum? Ist es wichtig?«

»Ich glaube, das könnte es sein.«

»Du kennst doch eine Menge Leute. Kannst du nicht jemanden anrufen und dich nach dem Casino erkundigen?«

»In Brisbane nicht.« Dann hellte sich ihre Miene auf. »Aber ich kenne Jack Landford vom *Sydney Star*. Wir lernten uns kennen, als er an einer Story über die Kirchenzeitung arbeitete, für die ich damals schrieb.«

»Perfekt. Ruf ihn an!«

Manda ging ins Zelt zurück. Diesmal blieb sie fast zwanzig Minuten fort, und als sie zurückkam, hatte sich ihre Verwirrung in tiefste Besorgnis verwandelt.

»Probleme?« fragte Dennis.

Sie nickte. »Ich muß sofort nach Brisbane. Ich habe schon Addie angerufen und versprochen, sie dort zu treffen. Ich bitte dich nicht gern darum, aber könntest du Jacto und mich nach Brisbane fliegen? Ich habe nicht viel Zeit. Ich glaube, meine Schwester ist im Begriff, sich den größten Ärger einzuhandeln.«

»Kein Problem. Ich muß ohnehin nach Sydney, um Filmrollen ins Studio zu bringen. Auf dem Weg lande ich kurz in Brisbane. Wenn du morgen früh bereit bist zurückzufliegen, hole ich euch auf dem Rückweg wieder ab.«

»Ich werde es versuchen, Dennis. Ich weiß nicht, wie lange ich brauche. Wenn ich meine Schwester erwische, bevor sie ihre Wohnung verläßt, dürfte die Sache schnell erledigt sein.«

Dennis lachte. »Es war schon immer mein Wunschtraum, einer bedrängten Jungfrau zu Hilfe zu eilen.«

»Genau das wirst du tun, Dennis. Tausend Dank.« Sie drehte sich um und begann zurückzulaufen. »Ich hole Jacto.«

Der Leitartikel im *Sydney Star* nahm diesmal zwei volle Seiten in Anspruch und enthielt außer zehn Fotos eine Menge amüsanter Anekdoten von Vorfällen, die sich während der Dreharbeiten abgespielt hatten.

»Ich weiß, was du denkst«, sagte Dennis rasch. »Aber du irrst dich, Roman. Manda würde so etwas nie tun. Sie ist viel zu anständig dazu.«

»Warum spielst du dich als ihr Beschützer auf?« Roman schaute nicht von dem Artikel auf, aber seine Stimme klang gepreßt vor unterdrückter Spannung. »Im übrigen frage ich mich, seit wann du Gedanken lesen kannst.« Er machte eine Pause. »Es sei denn, du dächtest das gleiche wie ich.«

»Ich kenne dich schon sehr lange, und beim letzten Mal, als es passierte, waren dir deine Überlegungen deutlich anzusehen.« Dennis' Stimme nahm einen bittenden Ton an. »Hör mal, Roman, ich habe Manda selbst nach Brisbane geflogen und sie dort am nächsten Tag abgeholt. Nach Brisbane, nicht nach *Sydney*.«

»Es gibt eine reguläre Flugverbindung zwischen Brisbane und Sydney. Sie hätte auch veranlassen können, daß jemand nach Brisbane kommt und die Fotos und den Artikel abholt.«

»Es war ihre Schwester Sydney, die sie angerufen hat. Es handelte sich um eine dringende Familienangelegenheit.«

»Sie scheint eine ungewöhnlich hohe Anzahl dringender Familienangelegenheiten zu haben«, entgegnete Roman müde. Ihm war übel. Ein Blick auf diese Fotos reichte, um ihm die Galle in den Hals steigen zu lassen.

Warum nur, verdammt noch mal? Er hätte ihr alles gegeben, wonach es sie verlangte. Warum mußte sie ihm das antun?

»Du hast fünfzig oder sechzig Leute hier in Deadman's Ridge. Jeder von ihnen könnte die Story hinausgeschmuggelt haben.«

»Mit Brieftauben?« erkundigte Roman sich spöttisch. »Wir haben den Postsack täglich kontrolliert, wie du weißt.«

»Es muß eine Erklärung dafür geben«, widersprach Dennis verzweifelt. »Ich kenne Manda. Was sie hier macht, kann nichts Illegales sein. Rede mit ihr darüber, Roman. Gib ihr die Möglichkeit, dir alles zu erklären.«

»Die hat sie längst gehabt. Ich habe sie praktisch angefleht, mir zu sagen, was sie hier treibt. Aber sie will es mir nicht sagen.«

»Dann kommt es auf eine Frage des Vertrauens heraus, nicht wahr, Roman? Du mußt ihr vertrauen, das ist alles.«

Vertrauen. Wie oft hatte Manda ihn gebeten, ihr zu vertrauen? *Vertrau mir, ich würde dich nie verletzen,* hatte sie gesagt. *Vertrau mir, ich würde dich nie verraten. Ich würde dich nie belügen.* Wie sollte er ihr vertrauen? Sie war ein Kind, ein Peter Pan, ein Schmetterling. Und doch war es kein flatterhaftes Wesen gewesen, das in jener Nacht neben Jactos Lager gehockt hatte. Er hätte schwören können, daß das Kind in ihr sich allmählich zur Frau entwickelte.

Aber sämtliche Indizien sprachen gegen sie, und Dennis hatte recht: Es kam alles auf eine Frage des Vertrauens heraus.

Roman starrte lange und nachdenklich auf die Fotos in der Zeitung.

Dennis beobachtete ihn. »Du bist verrückt nach ihr«,

sagte er schließlich leise. »Das kann jeder sehen. Laß mich die Sicherheitsabteilung anrufen, damit jeder einzelne Mitarbeiter unseres Teams überprüft wird. Gib dem Mädchen eine Chance.«

Roman blieb ganz still. Seine Augen wurden schmal, während er noch einmal aufmerksam den Artikel las, und für einen Moment huschte ein seltsamer Ausdruck über sein Gesicht. Dann verschloß es sich wieder. Er faltete die Zeitung zusammen und stand auf. »Ich bin bereit, Manda eine Chance zu geben. Komm, laß uns hören, was sie zu sagen hat.«

»Gut.« Dennis seufzte vor Erleichterung. »Du wirst sehen, daß sie eine vernünftige Erklärung für alles hat.« Er wandte sich zur Tür. »Es ist fast Sonnenuntergang. Sie wird mit Jacto beim Essen sitzen. Wir haben Zeit, mit ihr zu reden, bevor sie wieder in die Mine hinabsteigt.«

Manda schaute mit blassem Gesicht und großen, ungläubigen Augen von der Zeitung auf. »Du glaubst, *ich* wäre es gewesen?«

»Es paßt alles zusammen«, erklärte Roman gelassen. »Jedesmal, wenn du Deadsman's Ridge für ein paar Tage verläßt, erscheint eine Story über uns in der Zeitung. Vor deiner letzten Reise hast du sogar einen Reporter in Sydney angerufen.«

»Das hat sie nur getan, weil sie eine Information brauchte!« warf Denis empört ein. »Ich war schließlich dabei.«

»Oder um eine Absprache für die Übergabe der Information zu treffen«, bemerkte Roman kühl. »Und in der ersten Nacht, als wir in Deadman's Ridge eintrafen, bist du plötzlich aufgetaucht und hast dich geweigert zu erklären, was du hier zu suchen hast.«

Manda schüttelte verstört den Kopf. Er glaubte tatsächlich, sie sei fähig, ihn zu hintergehen! »Ich war schon mehrere Tage hier, als ihr ankamt, und ich konnte dir nichts sagen, weil Addie, Sydney und ich abgesprochen hatten, niemanden unsere Pläne zu verraten.«

»Wie praktisch. Deine Schwestern scheinen ja auch immer der Anlaß deiner kurzen Reisen zu sein.«

Der bittere Spott in seiner Stimme verletzte Manda sehr. Sie hätte nie geglaubt, dermaßen leiden zu können. »Ja, sie waren der Anlaß, du hast ganz recht. Sie brauchten meine Hilfe, und sie haben sie bekommen.« Ihre Hände umklammerten ganz unbewußt die Zeitung. »Roman, ich würde dir so etwas nie antun. Kennst du mich noch nicht gut genug, um es einzusehen?«

»Es paßt alles zusammen«, wiederholte er stur.

»Zum Teufel damit!« Mandas Augen schienen plötzlich Feuer zu sprühen. »Muß bei dir immer alles zusammenpassen? Ich würde so etwas von dir nie glauben, selbst wenn ich es schwarz auf weiß vor mir sähe! Und du beschuldigst mich, dich hintergangen zu haben, wahrscheinlich sogar aus purer Habgier, was? Es ist nicht zu fassen, Roman. Ich nehme an, du glaubst auch, ich wäre es gewesen, der Jacto niedergeschlagen hat? Was ist das schon für ein Ungeheuer wie mich?«

Roman erstarrte. »Jacto wurde niedergeschlagen? Du hast mich im Glauben gelassen, es handelte sich um einen Unfall.«

»Ich wollte dich nicht beunruhigen. Ich wollte dich schützen. War *das* nicht dumm von mir?«

»Verdammt, du hattest kein Recht, mir so etwas zu verheimlichen«, sagte er barsch. »Was für ein Spiel treibst du hier in Deadman's Ridge?«

»Ich kann es dir nicht . . .« Sie brach ab. »Es ist kein Spiel. Es ist tödlicher Ernst.«

Er lächelte schwach. »*Tödlich* scheint ein prophetisches Wort in unserem Drehbuch zu sein. Wenn man mit gewalttätigen Anschlägen zu tun hat, eröffnen sich ganz neue Horizonte.«

Manda fuhr sich müde mit der Hand durchs Haar. »Ich hatte nicht vor, dir etwas davon zu sagen. Es ist mir nur herausgerutscht. Du hast mich so in Wut gebracht . . .«

Dennis pfiff leise durch die Zähne. »Manda, wie konntest du so etwas für dich behalten?«

»Wir kommen vom Thema ab. Der Angriff auf Jacto hat nichts mit dieser Sache zu tun.« Sie zerknüllte die Zeitung in der Hand, streckte den Arm aus und ließ sie vor Romans Füße fallen. »Es scheint mir nicht zu gelingen, dich von meiner Unschuld zu überzeugen. Was wirst du jetzt tun? Mich ins Gefängnis stecken?«

Roman schwieg einen Moment. Seine Miene war mißtrauisch und verschlossen. »Das wird nicht nötig sein«, meinte er dann. »Ich könnte dich zwar wegen unerlaubten Betretens unseres Filmgeländes und möglichen Diebstahls anzeigen, aber eine Zeitungsstory würde nicht als kriminelle Handlung anerkannt werden. Ich glaube, das beste ist, wenn ich dich und Jacto nach Coober Pey in ein Hotel schicke, wo ihr unter Bewachung bleibt, bis ich Gelegenheit bekomme, die Sache zu untersuchen.«

Manda riß erschrocken die Augen auf. »Und wann wird das sein?«

»Wenn die Dreharbeiten in Deadman's Ridge beendet sind.« Roman lächelte anzüglich. »War das nicht die Zeitspanne, die du mir vorgeschlagen hast, Manda? Jetzt bist du diejenige, die sich in Geduld fassen muß.«

»Aber ich *kann* nicht warten, Roman!« Mandas Stimme zitterte vor Erregung. »Begreifst du nicht – es könnte dann zu spät sein! Ich muß bleiben und weitermachen.«

»Nein, du kommst jetzt mit«, entgegnete er gereizt. »Außerdem werde ich die Mine und das Lager bewachen lassen, um dich – oder etwaige Komplizen, die du unter meinen Leuten hast – am Zurückkommen zu hindern.«

Manda ging einen Schritt auf ihn zu. »Roman, bitte. Ich glaube, ich bin ganz nahe dran. Laß mir ein paar Tage Zeit.«

»Nein.« Er wandte sich ab. »Meine Geduld ist erschöpft, Manda.«

»*Roman*!« Sie griff verzweifelt nach seiner Hand, um ihn am Fortgehen zu hindern. »Na schön, ich werde es dir sagen«, fuhr sie hastig fort. »Es handelt sich um die sogenannte ›Schwarze Flamme‹, einen fünfundvierzigkarätigen Opal, der ein Vermögen wert ist. Er gehörte meinem Urgroßvater Charles, der ihn vor achtzig Jahren, kurz bevor er ermordet wurde, irgendwo in Deadman's Ridge verborgen hatte. Ich bin ziemlich sicher, daß der Opal sich in einem der Stollen befindet.«

»Interessante Geschichte«, entgegnete Roman kühl und ohne Manda anzuschauen. »Aber im Geschichtenerfinden warst du ja schon immer gut, nicht wahr?«

»Glaubst du mir etwa nicht? Es ist die Wahrheit, verdammt nochmal! Charlie schrieb seiner Frau Mignon, er habe den Opal in einem Beutel in . . .« Manda brach ab, ihre Augen weiteten sich vor Erstaunen. »Du lieber Himmel, *das* ist es! Warum bin ich nicht schon früher darauf gekommen?« Ihre Wangen glühten plötzlich vor Erregung. »Roman, ich weiß jetzt, wo der Opal ist! Laß mich einen Moment in die Mine hinuntersteigen, dann zeige ich es dir.«

»Ich habe keine Lust mehr, mir deine Märchen anzuhören, Manda.« Er vermied es noch immer, sie anzuschauen.

»Verdammt, Roman, ich muß . . .« Sie verstummte

und ließ den Kopf hängen. Es hatte keinen Zweck. Seine Miene bewies, daß er sich auf nichts einlassen würde. So entschlossen wie heute hatte sie ihn noch nie gesehen, und wenn sie ihn nicht freiwillig begleitete, würde er sie dazu zwingen.

»Also gut, ich gehe mit«, sagte sie resigniert. »Aber ich werde schon eine Möglichkeit finden, deinen albernen Wächtern zu entkommen. Ich hole mir meinen Opal, darauf kannst du dich verlassen.«

Roman antwortete nicht. Er schlenderte gelassen aus dem Lager und schien zu erwarten, daß sie ihm folgte.

Das tat sie auch, langsam und widerstrebend, jede Faser und jeder Muskel ihres Körpers schmerzhaft angespannt. Sie war so nahe dran . . . Sie nahm sich vor, nicht eher zu ruhen, bis sie einen Weg gefunden hatte, zum Stollen zurückzukehren.

Dennis gesellte sich zu ihr. »Es tut mir leid, Manda. Ich habe versucht, dir zu helfen. Aber Roman ist schwer zu überzeugen.«

»Er ist ein harter Mann, basta«, entgegnete sie mürrisch. In ihrer Aufregung über die Idee, die ihr gekommen war, hatte sie ihren Schmerz über Romans Mißtrauen völlig vergessen. Jetzt kam er mit voller Kraft zurück. »Viel zu hart.«

»Was wirst du jetzt tun? Ich glaube nämlich nicht, daß du aufgibst.«

Sie schüttelte den Kopf. »Das kann ich nicht.« Sie massierte ihre pochenden Schläfen. »Und ich kann auch nicht darauf warten, daß seine Lordschaft eine Untersuchung einleitet. Er hat gesagt, es könnte sein, daß er noch zwei Monate bleibt. Ich muß mir etwas einfallen lassen, wie ich den Wachen ein Schnippchen schlagen und zur Mine zurückkehren kann.«

»Die ebenfalls bewacht sein wird!« gab Dennis zu bedenken. »Es ist sehr riskant, Manda.«

»Willst du mir helfen, Dennis?«

Er zögerte. »Ich habe einen guten Job bei Roman, Manda. Er würde über eine Einmischung wahnsinnig wütend sein.«

»Ich würde dich nicht darum bitten, wenn ich nicht so verzweifelt wäre. Ich habe nichts mit diesen Fotos und Artikeln zu tun, das wird die Untersuchung schon beweisen. Aber darauf kann ich nicht warten.«

Dennis schien zu überlegen, dann sagte er: »Roman ist normalerweise ziemlich fair. Wenn deine Unschuld bewiesen ist, wird er mir vielleicht nicht vorhalten, daß ich dir geholfen habe.« Er nickte zustimmend. »Na schön, Manda. Was soll ich tun?«

»Zuerst geh zum Lager zurück und suche Jacto. Wie üblich ist er verschwunden, als er Roman kommen sah. Dann setz dich mit Addie und Sydney in Verbindung und sag ihnen, ich schickte ein SOS. Jacto weiß, wo sie zu erreichen sind.« Sie lächelte grimmig. »Zum Teil ist es ihre Schuld, daß ich in Schwierigkeiten bin, da ist es nur gerecht, wenn sie mir jetzt zu Hilfe kommen.«

»Sonst noch etwas?«

Manda versuchte nachzudenken. Aber ihrer starken Kopfschmerzen wegen konnte sie keinen klaren Gedanken fassen. Nur Romans Gesicht, das sie noch nie so ausdruckslos und hart gesehen hatte, drängte sich immer wieder in ihr Bewußtsein. Er ging nur wenige Meter vor ihnen, mit steifem Rücken, steifen Schritten und drehte sich nicht ein einziges Mal nach ihnen um. Seine kalte, unnachgiebige Haltung verletzte Manda sehr.

Sie zwang sich, Ordnung in ihre Gedanken zu bringen. »Ich bezweifle, daß Romans Wächter mich isolieren werden. Wenn Addie und Sydney in Coober

Pedy eintreffen, bring sie zu mir ins Hotel. Bis dahin habe ich mir einen Plan ausgedacht.«

»Ich kann noch mehr tun. Ich hole sie in Sydney ab und fliege sie her.«

»Wirklich, Dennis? Das wäre wunderbar.« Sie runzelte gedankenvoll die Stirn. »Könntest du Brent Pentrose bitten, auch zu kommen? Vielleicht würde er uns helfen.«

Dennis grinste belustigt. »Du kommst mir vor wie ein General, der seine Truppen mobilisiert. Planst du etwa einen Guerillaangriff auf Deadman's Ridge?«

»Du scherzt nur, Dennis, aber darauf läuft es möglicherweise hinaus.« Manda lächelte, aber es lag kein Humor darin. »Ich wäre gar nicht überrascht, wenn es dazu käme. Cäsars kommandierender General wird sich eine neue Version seiner Geschichte ausdenken müssen.«

»Cäsars General?« fragte Dennis verständnislos.

»Mach dir keine Gedanken«, entgegnete Manda müde. Sie hätte jetzt lieber nicht an jene wilden, leidenschaftlichen Momente in Romans Armen gedacht. Es brachte Erinnerungen zurück, die den Schmerz, der sie beherrschte, nur verstärkten. »Es ist nicht wichtig.«

Sie war fest entschlossen, diese letzte Behauptung zu verwirklichen. Den Luxus, Roman oder seiner Handlungsweise auch nur die geringste Bedeutung zuzugestehen, konnte sie sich im Augenblick nicht leisten. Sie mußte ihre Liebe zu ihm und die Qual, die damit verbunden war, energisch aus ihrem Bewußtsein verdrängen. Warum konnte sie nicht einfach aufhören, ihn zu lieben?

Verdrängen. Vergessen. Nur die Schwarze Flamme war wichtig, der schimmernde, glitzernde Stein, der in der Dunkelheit von Charlies Mine auf sie wartete.

# 9

Brent Penrose machte ein mißtrauisches Gesicht, als Manda ihm die Tür ihres Hotelzimmers öffnete. »Hier bin ich, aber warum, das ist mir selbst nicht ganz klar. Ich ahne nur, daß ich verrückt geworden sein muß.«

»Komm herein.« Manda trat beiseite. »Ich bin dir sehr dankbar, daß du gekommen bist. Dennis rief gerade vom Flughafen an. Er und meine Schwestern müßten jeden Augenblick hier eintreffen.«

»Wie nett. Ich liebe Familienzusammenkünfte.« Er schaute sich in dem schäbigen kleinen Raum um. »Nicht gerade das Ritz, was? Man sollte meinen, Roman wäre großzügiger.«

»Das Ritz? Soll das ein Witz sein? Roman hätte mich am liebsten in die Bastille gesteckt!«

»Ja, das habe ich gehört.« Er schüttelte den Kopf. »Du hättest dir aber auch denken können, daß er an die Decke gehen würde, wenn er vom Verkauf dieser Fotos und der Artikel erfuhr.«

»Ich habe nichts damit zu tun, Brent. Nicht das geringste.« Sie schloß die Tür und lehnte sich müde gegen den Rahmen. »Ich kann es im Moment nur nicht beweisen. Glaubst du mir?«

Er betrachtete sie nachdenklich, dann nickte er bedächtig. »Ja, ich glaube schon.« Plötzlich grinste er. »Ich kann sehen, daß du einen unfehlbaren Geschmack besitzt. Du hättest dieses Foto von dem Kamel, das an mir herumschnäbelte, nie weitergegeben.«

»Nie«, bestätigte Manda lächelnd. »Du wirst mir also helfen?«

Brents Miene wurde zurückhaltender. »Das habe ich

nicht gesagt. Die beiden Sicherheitsagenten auf dem Korridor sehen wie Doubles von Arnold Schwarzenegger aus. Sie könnten meinem Profil ernsthaften und bleibenden Schaden zufügen.«

»Möglich, aber dann würde das Publikum dich auch endlich als ernsthaften Schauspieler akzeptieren. Vielleicht würden dir sogar Gangsterrollen angeboten. Oder eine Neuverfilmung von *Public Enemy* oder *Key Largo*.«

»Hm, ich weiß nicht, ob ich auf diese Art mein Image ändern möchte.« Er verzog den Mund. »Obwohl mir wahrscheinlich gar nichts anderes übrigbleibt, wenn Roman erfährt, daß ich in deinem Zimmer war. Er ist sehr besitzergreifend. Seit du seine Freundin bist, konnte ich nicht einmal deinen Namen erwähnen, ohne mir gleich einen Blick einzufangen, der einen Urankern in einen Eisblock verwandelt hätte.«

»Ich bin nicht seine Freundin. Nicht mehr.«

»Nein?« Er warf Manda einen skeptischen Blick zu. »Warum sitzt du dann hier im Hotel, statt in Sydney vor Gericht zu stehen? Ich schätze, daß Roman dich in der Nähe behalten will, bis er seinen schlimmsten Ärger überwunden hat. Dann wird er hier erscheinen und versuchen, die Sache wieder in Ordnung zu bringen. Ja, ich bin sogar ganz sicher, daß du noch seine Freundin bist.«

»Ich weiß es nicht.« Sie zuckte mit den Schultern. »Alles hat sich geändert. Es war so perfekt, und jetzt . . .«

»Roman hat nie behauptet, perfekt zu sein. Das ist etwas, was ich sehr an ihm bewundere. Für die Perfektion, die er in seinen Filmen erreicht, muß er hart arbeiten.«

»Auch ich bin nicht vollkommen, aber ich hätte ihn nie beschuldigt . . .« Sie verstummte. »Ach was soll's? Ich habe dich nicht gebeten herzukommen, damit du meine privaten Probleme löst. Du sollst mir nur helfen, eine Möglichkeit zu finden, wie ich zur Mine zurückkehren kann.«

Darauf schüttelte Brent sehr entschieden den Kopf. »In eurem Lager stehen zwei Sicherheitsagenten herum, neben denen die beiden auf dem Korridor wie Woody Allen und Groucho Marx erscheinen.«

Manda lächelte. »Denkst du immer nur im Filmjargon?«

»Möglich. Es ist die Welt, in der ich lebe.«

»Macht es dir Spaß?«

»Manchmal. Oft hasse ich es auch.« Er lächelte schwach. »Ich liebe Aufregung, und meine Arbeit ist aufregend, deshalb bin ich süchtig danach. Und Ruhm ist auch keine schlechte Droge. Man ist häufiger *high* als *down*.«

»Aufregung«, wiederholte Manda vielsagend. »Ich glaube, davon kann ich dir eine Menge bieten. Bist du bereit, mir Gelegenheit dazu zu geben?« Ihre bernsteinfarbenen Augen glühten plötzlich, ihre Stimme wurde verführerisch sanft. »Überleg es dir, Brent. Ein echtes Abenteuer, das alles übertreffen wird, was du je auf der Leinwand gespielt hast. Die Suche nach einem verlorenen Schatz, der Angriff einer Guerillatruppe und Gefahr.«

Brent betrachtete sie entgeistert. »Weiche, Satan! Dennis hat mir einmal gesagt, du wärst eine Lorelei.«

»Es ist nichts Satanisches daran. Wir sind die Guten in diesem Film, Brent, wir benutzen ausschließlich weiße Magie.« Sie lachte amüsiert. »Ich möchte doch dein Image nicht ruinieren.«

»Warum habe ich bloß das Gefühl, daß eine höhere Macht mich zwingt? Ich weiß wirklich nicht . . .« Ein stürmisches Klopfen an der Tür unterbrach seine Überlegungen. Er seufzte erleichtert. »Gott sei Dank, ich bin gerettet!«

»Nicht unbedingt. Das werden Sydney und Addie sein.« Manda ging zur Tür. »Und falls du *mich* für eine Sirene hältst, dann wirst du jetzt dein blaues Wunder erleben, mein Freund«, prophezeite sie augenzwinkernd.

Als Manda ihm ihre Schwestern vorstellte, begriff er augenblicklich, was sie meinte. *Sirenen* war die richtige Bezeichnung für diese beiden Frauen, die vor ihm standen. Die sportliche Kleidung, die sie trugen – Hosen und Blusen –, schmälerte den Zauber nicht, den diese elfenhaften, atemberaubend schönen Wesen verbreiteten.

Nein, berichtigte Brent sich dann, es war Sydney, die atemberaubend schön war mit ihrem langen, schimmernden Haar, das die seltene Farbe von dunklem Bordeaux besaß, und ihren hellen, beinahe goldenen Augen.

Auch Addie war sehr hübsch, aber auf eine sanftere, unaufdringlichere Art. Sie wirkte kühl und erfrischend wie der Sprühnebel eines Wasserfalls. Merkwürdig, daß sie eine solche Ausstrahlung hat, dachte Brent verwirrt. Mit ihrem kurzgeschnittenen, feuerroten Haar und den lebhaften großen Augen hätte Addie auf einen Mann eher aufregend als beruhigend wirken müssen.

Er lächelte die Schwestern an. »Ich freue mich, Ihre Bekanntschaft zu machen. Wäre eine von Ihnen beiden daran interessiert, mit einem Filmstar ins Bett zu gehen?«

Sydney und Addie schauten ihn entgeistert an.

Manda lachte. »Nehmt Brent bloß nicht ernst! Ich

glaube, dieses Angebot macht er jeder Frau, die er kennenlernt.«

Brent verzog beleidigt das Gesicht. »Du tust mir Unrecht, Manda. Ich bin normalerweise ganz anders. Aber in diesem Zustand auferzwungener Enthaltsamkeit verliere ich allmählich meine angeborene Schüchternheit.« Er verbeugte sich leicht. »Aber ich garantiere Ihnen, daß mein Angebot bestehen bleibt, egal, wie groß die Konkurrenz später auch sein mag.«

»Danke«, antwortete Addie lächelnd. »Wir wissen Ihr großzügiges Angebot zu schätzen.«

Sydney nickte. »Meinst du, seine Leutseligkeit ginge so weit, daß er uns am Morgen danach ein Autogramm gäbe?«

»Autsch!« Brent verzog gequält das Gesicht. »Ich habe den Eindruck, als wären Sie nicht für meinen Charme empfänglich.«

»Für deine Hilfe hingegen sehr«, warf Manda ein. Dann wandte sie sich an ihre Schwestern. »Wo ist Dennis?«

»Er ist nach Deadman's Ridge gefahren, um Jacto zu holen«, antwortete Addie, während sie sich auf einen Stuhl neben dem Fenster setzte. »Jacto bestand gestern nacht darauf, bei der Mine zu bleiben, damit sich niemand an euren Sachen vergreifen konnte.«

»Gibt es so etwas wie einen Zimmerservice in diesem Hotel?« Sydney wischte sich mit einem blütenweißen Taschentuch über die Stirn. »Ich muß etwas trinken. Wie hältst du es hier nur aus, Manda? Es ist alles so staubig. Ich weiß nicht, wie Dennis es geschafft hat, hier zu landen.«

»Die Sandstürme erreichen oft Höhen bis zu fünfhundert Metern.« Manda lächelte verständnisvoll. »Und einen Zimmerservice gibt es hier leider nicht. Es ist etwas anderes als in der exotischen Umgebung, an die du dich in letzter Zeit gewöhnt hast, Sydney, was? Mir selbst fällt es allerdings kaum noch auf.«

»Ich könnte etwas holen«, bot Brent sich an.

Sydney bedachte ihn mit einem strahlendem Lächeln, bei dem ihm ein bißchen schwindlig wurde. »Würden Sie das tun? Ich bin schrecklich durstig.«

Es war lange her, seit jemand Brent als Laufburschen benutzt hatte. Aber er vermutete, daß ein solches Lächeln jeden Mann dazu gebracht hätte, aufzuspringen und den Zimmerkellner zu spielen. »Ich gehe sofort.«

»Warte«, sagte Manda. »Wirst du uns helfen, Brent?«

»Ich überlege es mir gerade. Meine Rolle in Romans Film ist fast abgedreht, und Roman würde eine Menge Geld verlieren, wenn er mir jetzt die Kehle durchschnitte. Deine Version von ›Der Angriff der leichten Brigade‹ klingt interessant.« Ein aufgeregtes Funkeln erschien in seinen blauen Augen. »Es erinnert mich an diesen klassischen Western, ›Die unglaublichen Sieben‹, nur wären wir die ›sensationellen Sechs‹. Was soll ich also tun?«

»Ich brauche jemanden, der für Ablenkung sorgt, während ich mich zur Mine schleiche. Du kannst dich überall auf dem Filmgelände frei bewegen. Kämst du eventuell an die Explosivstoffe heran, die für besondere Effekte benutzt werden? Ich meine, könntest du etwas besorgen, was eine Menge Rauch und Lärm verursacht?«

»Möglich.« Er wirkte enttäuscht. »Aber ich hatte eher an einen Kavallerieangriff gedacht.«

»Keine Angst, der ist auch schon vorgesehen«, versicherte Manda. Sie mußte ein Lächeln unterdrücken. Brent war liebenswert jungenhaft. »Einen wilden Ritt quer durch das Lager.«

»Wow!« Brents Gesicht hellte sich auf. »Soll ich die Pferde aus der Koppel stehlen?«

Manda zögerte. »Wir brauchen keine Pferde. Ich dachte, wir borgen uns die vier Kamele aus, das wäre sicher wirkungsvoller. Es gibt keinen im Lager, der sie nicht zu hassen scheint und . . .«

»Die sensationellen Sechs haben sich gerade auf die wunderbaren Fünf reduziert«, unterbrach Brent sie. »Hältst du mich für ganz verrückt? Diese verdammten Biester machen die ganze Nacht kein Auge zu, um sich neue Möglichkeiten auszudenken, mich zu quälen. Wenn du Kamele haben willst, bitte, aber ohne mich!«

»Es passiert schon nichts. Addie wird sich um die Tiere kümmern.«

»Hast du etwas gegen deine Schwester? Selbst wenn sie dir die Puppen gestohlen hat, als ihr noch Windeln trugt, brauchst du dich wirklich nicht auf diese Art zu rächen. Es ist abscheulich von dir, auch nur daran zu denken.«

»Glauben Sie mir, Mr. Penrose«, mischte Addie sich mit ihrer sanften Stimme ein, »ich kann mit Tieren umgehen. Ich verdiene mir meinen Lebensunterhalt als Hufschmiedin. Ich lasse schon nicht zu, daß die Kamele mich verletzen.«

»Hufschmiedin?« Brent schüttelte fassungslos den Kopf. Sie war so zierlich, so klein und wirkte romantisch und verträumt wie die jungen Mädchen, die vor seiner Garderobe Schlange zu stehen pflegten. »Sie wollen mich wohl zum Narren halten!«

Addie schüttelte den Kopf. »Ich bin eine sehr gute Hufschmiedin«, meinte sie lächelnd. »Sie können mir vertrauen. Ich bin sicher, daß Mandas Plan ausführbar ist.«

»Nein, ich . . .« Er verstummte, weil er zu seinem Erstaunen feststellen mußte, daß er dem zierlichen Mädchen tatsächlich vertraute, selbst auf die Gefahr hin, seine berühmte Nase zu riskieren. »Ich werde es mir überlegen.«

Manda lächelte. Er würde es tun. Addie hatte ihren gewohnten Zauber angewandt, gegen den nicht einmal Brent Penrose immun zu sein schien. »Tu das. Ich hatte mir vorgestellt, daß du mit Addie von Norden her ins Lager reitest und Jacto und Dennis von Süden her.«

»Und worin besteht meine Aufgabe?« wollte Sydney wissen.

»Ich brauche jemanden, der die Wächter von der Mine fortlockt.«

»Aus den wunderbaren Fünf sind gerade die phantastischen Vier geworden«, entgegnete Sydney flach. »Warum ausgerechnet ich? Ich könnte nicht einmal ein verdurstendes Pferd zum Wasser locken. Ich wüßte gar nicht, wie ich es anstellen sollte.«

Brent begann zu lachen, hörte jedoch sehr schnell wieder auf. Sie meinte es ernst. Es war ihr anscheinend gar nicht bewußt, daß eine Frau wie sie eine magnetische Anziehungskraft auf Männer besaß und sie es daher gar nicht nötig hatte, sich irgendwelche Tricks auszudenken. »Ich glaube, darüber brauchen Sie sich keine Sorgen zu machen. Es wird nicht schwer sein.«

Manda nickte. »Du könntest ja so tun, als würdest du im Bach ertrinken. Dir wird schon etwas einfallen, Sydney, da bin ich ganz sicher.«

Sydney runzelte die Stirn. »Warum muß ich immer die harten Jobs erledigen, Manda?«

»Ich tausche gern mit Ihnen«, bot Brent sich höflich an. »Sie können mein Kamel haben. Aber ich bezweifle, daß ich viel Erfolg bei den Wächtern hätte. Natürlich könnte ich versuchen, mit den Wimpern zu klimpern und . . . Aber diese Gorillatypen sind alle echte Machos und bekannt dafür, ihre Männlichkeit beim geringsten Anlaß verbissen zu verteidigen. Es könnte sein, daß ich im Bach lande.«

Sydney lachte. »Nein, das dürfen wir nicht zulassen. Ich glaube, Sie bleiben lieber bei Ihrem Kamel.«

Brent seufzte. »Klar, es wäre ja auch zu schön gewesen, um wahr zu sein.« Er wandte sich zur Tür. »Ich fahre zum Supermarkt und hole Getränke.«

Dann fiel die Tür hinter ihm ins Schloß.

Sydney maß Manda mit einem prüfenden Blick. »Du hast mindestenes zehn Pfund abgenommen und siehst sehr erschöpft aus. Aber das ist nicht alles«, fügte sie stirnrunzelnd hinzu. »Du wirkst auch irgendwie verändert . . .«

Manda schüttelte den Kopf. »Hör auf, mich zu bemuttern, Sydney. Mir geht es gut, und es wird mir noch viel besser gehen, wenn erst mal alles vorbei ist und ich den Opal in den Händen halte.«

»Meinst du wirklich, du wüßtest, wo er ist?« warf Addie ein.

»Ja.« Manda ging zum Fenster und setzte sich auf einen Sessel. »Ich bin ziemlich sicher.« Sie schaute durch die häßlichen Nylongardinen auf die Straße hinunter. Coober Pedy. Staub, unerträgliche Hitze und Männer und Frauen, die so geblendet waren von der Lockung der Opale, daß sie die Unzulänglichkeiten ihrer Umgebung bereitwillig in Kauf nahmen. Manda hingegen würde froh sein, diesen Ort und die öde Umgebung verlassen zu können, die ihr soviel abverlangt und so wenig gegeben hatte – nichts als Herzweh und Enttäuschungen.

Aber würde sie noch der gleiche Mensch sein, der vor wenigen Wochen hier angekommen war? Sie hatte das Gefühl, als sei in Deadman's Ridge eine ganz neue Manda geboren worden.

Die Sonne ging allmählich unter, ihre letzten Strahlen tauchten den schäbigen Raum in warmes, goldenes Licht. Es war sehr entspannend, mit Sydney und Addie in kameradschaftlichem Schweigen zusammenzusitzen. Keine der Schwestern hatte das Bedürfnis, die Stille des Moments zu brechen. Sie verstanden sich auch ohne Worte.

Daher verging eine lange Zeit, bevor Sydney ruhig bemerkte: »Du bist unglücklich, Manda.«

Manda richtete ihren Blick auf die Straße zurück. »Ich überwinde es schon. Wie geht es dir?«

»Ich habe die schwarzen Schwäne fliegen sehen.«

Manda drehte sich zu ihrer Schwester um. Es lag viel mehr Bedeutung in dem schlichten Satz, als die Worte ausdrücken konnten, und es verriet sich auch in Sydneys Gesichtsausdruck. »Ich freue mich für dich, Sydney«, sagte Manda leise. Dann schaute sie Addie an. »Und du? Hast du dein Einhorn gefunden?«

Addie lächelte und nickte stumm.

Manda lehnte den Kopf gegen die Wand und schloß die Augen. Beide hatten gefunden, was sie seit ihrer Kindheit suchten, und sie war froh für ihre Schwestern. Sie wünschte nur, sie hätte das gleiche Glück gehabt. Für einen Moment kam sie sich schrecklich allein und einsam vor, aber dann drückte Sydney ihre Hand, und alles war wieder in bester Ordnung.

Manda öffnete die Augen und lächelte ihre Schwester an. »Hey, habe ich euch nicht immer gesagt, wir hätten durchhalten und unsere Reise fortsetzen sollen, um schließlich doch noch unsere Insel zu finden? Ihr habt letztes Mal beide zu schnell aufgegeben.«

»Und jetzt bist du es, die zu schnell aufgibt?« Addies dunkle Augen musterten Manda prüfend.

Manda machte ein erstauntes Gesicht. »Ich . . . ich

weiß nicht«, sagte sie nachdenklich. Hatte sie sich von ihrer Verbitterung und ihrem Schmerz das rauben lassen, was sie sich am meisten in diesem Leben wünschte? War sie schon wieder auf der Flucht? »Ich glaube, ich sollte einmal in Ruhe darüber nachdenken.«

»Gute Idee.« Sydney lächelte verschmitzt. »Die meisten Leute denken wenigstens ein *bißchen* über sich selbst nach, Manda.«

Manda erwiderte das Lächeln. »Dann sollte ich wohl auch damit anfangen, was?« Sie drückte Sydneys Hand und schloß Addie in ihr Lächeln ein. »Wollt ihr mir dabei helfen?«

Keine ihrer Schwestern antwortete. Es war auch nicht nötig. Manda wußte, daß sie immer für sie da waren und ihr stets geben würden, was sie brauchte. Sie waren ein Team, die drei Delaneys aus Killaroo. Wohin sie sich auch wenden mochten, das starke Band, das sie vereinte, war durch nichts zu zerstören.

Die goldenen Schatten, die die letzten Sonnenstrahlen in den Raum warfen, sanken tiefer, und die Schwestern schwiegen wieder, dachten an alles, was sie gemeinsam erlebt hatten und an das, was noch vor ihnen lag.

»Sie hat mich in den *Hintern* gebissen.« Brents Tonfall war so empört wie sein Gesichtsausdruck.

»Pst. Willst du das ganze Lager aufwecken?« Manda bemühte sich verzweifelt, nicht über Brents Erstaunen und Entrüstung zu lachen. »Wir müssen die Kamele aus der Koppel holen, bevor der Trainer . . .«

»Aber sie hat mich in den Hintern gebissen! Ich habe ihr nur für einen Moment den Rücken zugedreht, da hat sie . . .« Er warf Addie, die das vierte Kamel sattelte, einen anklagenden Blick zu. »Sie haben versprochen, mich zu beschützen!«

»Ich rede mit ihr, sobald ich hier fertig bin«, entgegnete Addie beruhigend. »Sie ist sicher nur verärgert, weil so viele Fremde um sie herumstehen.«

»Fremde?« wiederholte Brent aufgebracht. »*Ich* bin kein Fremder für sie. Im Gegenteil, sie ist inzwischen mit allen Teilen meiner Anatomie bestens vertraut. Biß um Biß.«

»Das liegt nur daran, daß du so süß bist, mein Lieber«, bemerkte Dennis, der gerade sein knieendes Kamel bestieg, mit spöttischem Lächeln. »Wie du sicher festgestellt hast, ist mein hartes Hinterteil nicht attackiert worden.«

»Weil er dich bestimmt auch für ein Kamel hält«, erwiderte Brent mürrisch. »Jedenfalls bist du genauso unempfindlich.« Er trat einen Schritt näher an das Tier vor ihm heran. »Seht ihr, sie grinst mich an! Sie kann es kaum erwarten, mich auf ihrem Rücken zu haben, um dann mit mir in die Wüste davonzurennen, wo ich ihr völlig ausgeliefert wäre.«

Manda lehnte an einem Pfosten und schüttelte sich vor Lachen. Ihr sorgfältig geplanter Guerillaangriff wurde immer mehr zur Farce. »Bitte«, stöhnte sie lachend. »Wir müssen los. Es wird bald hell, und wir brauchen jede Minute, die uns bis dahin bleibt. Addie, tu endlich etwas, damit das Tier Brent in Frieden läßt.«

Addie ging zu Brents knieendem Kamel hinüber, legte ihre Hand zwischen seine vorstehenden braunen Augen und begann es sanft zu streicheln. »Sie wird brav sein.« Die Augen des Tieres nahmen einen sanften, verträumten Blick an, und es begann seine Nase liebevoll an Addies Brust zu reiben.

»Nicht zu fassen!« knurrte Brent. »Sie müssen sie

hypnotisiert haben. Passen Sie auf, daß sie sich nicht bewegt.« Er ging rasch auf das Tier zu und stieg in den Sattel. »Sagen Sie ihr, ich sei ein echter Wüstensohn, und daß sie mich nicht beißen soll oder abwerfen oder . . .«

»Komm schon, Brent«, unterbrach Dennis ihn ungeduldig. »Laß uns endlich mit dem Film beginnen.«

»*Ich* habe längst damit begonnen. Ich habe gestern abend schon die Rauchbomben und Explosivkörper gelegt.« Brent schaute auf die Uhr. »Das Feuerwerk geht in genau sechs Minuten los. Das ist mehr, als du bisher getan hast, Dennis.«

»Ich habe die Wächter im Hotel beseitigt«, entgegnete Dennis kühl. Es wäre interessant zu sehen, wie du diesen kleinen Job erledigt hättest.«

»Wie hast du es geschafft, Dennis?« erkundigte Manda sich neugierig. »Ich hatte mir echte Sorgen gemacht, wie wir uns an ihnen vorbeischleichen könnten.«

Dennis richtete seine Zügel. »Ich habe ihnen ein Schlafpulver in den Kaffee getan, den der Junge aus dem Café gegenüber brachte. Dann habe ich die schlafenden Gorillas im Wäscheschrank eingeschlossen.«

Addie klopfte Brents Kamel aufmunternd auf den Hals. »Ich glaube, sie wird ihnen keine Schwierigkeiten mehr machen. Aber bleiben Sie trotzdem in meiner Nähe.«

»Keine Sorge«, versetzte Brent grimmig. »Ich habe nicht vor, ihr Gelegenheit zu geben, mich allein zu erwischen.«

»Alles in Ordnung, Jacto?« fragte Addie, bevor sie ihr eigenes Tier bestieg.

Jacto nickte. Er berührte sein Kamel sanft, und es erhob sich aus seiner knieenden Stellung. »Wir verstehen uns.«

Manda wandte sich ab. »Sydney muß auch Zeit genug

gehabt haben, die Wachen von der Mine fortzulokken. Ich mache mich jetzt auf den Weg. Sechs Minuten.«

»Viel Glück, Manda«, sagte Addie leise.

Manda hob zustimmend die Hand und ging eilig fort.

Glück werde ich brauchen, dachte sie besorgt. Die Zeit, die ihr zur Verfügung stand, war knapp, trotz der Verwirrung, die durch den Rauch, die Explosionen und die Kamele entstehen mußte. Was Sydney und die Wachen an der Mine betraf, so durfte Manda auch hier nicht damit rechnen, daß die Männer sich sehr lange ablenken lassen würden.

Und Roman . . . nun, er würde am schnellsten merken, was los war und sofort zur Mine hinüberstürzen. Manda rechnete mit höchstens zehn Minuten Zeit für ihre Suche, nachdem der Angriff auf das Lager begonnen hatte. Sobald sie den Opal hatte, war es nicht mehr wichtig, ob sie entdeckt wurde oder nicht. Wenn es sein mußte, konnte sie den Stein Sydney oder Addie geben, damit sie ihn zu einem Händler brachten, während sie selbst in aller Ruhe das Ergebnis von Romans Untersuchung abwartete.

Es war fast hell, und sie lief unwillkürlich schneller. Ihr Lager schien verlassen, und Manda schloß daraus, daß Sydney mit ihrer Taktik Erfolg gehabt haben mußte. Die letzten Meter rannte Manda fast, schnappte sich die Laterne, die unter dem Vordach hing, und zündete sie rasch an. Dann nahm sie den Werkzeugkasten und wandte sich zum Stolleneingang.

Aber sie kehrte doch noch einmal um, lief zu ihrem Rucksack und suchte nach ihrem türkisbesetzten, silbernen Medaillon. Es kann nicht schaden, es zu tragen, dachte sie, während sie die Kette an ihrem Hals befestigte. Das Schmuckstück war bei den Delaneys immer als Glücksbringer betrachtet worden und hatte einst Mignon, Charlies Frau, gehört.

Manda nahm den Werkzeugkasten wieder auf und rannte zum Eingang des Stollens. Die erste Explosion ertönte! Ihr Blick glitt über das Opalfeld – dichte Rauchwolken stiegen zum Himmel empor. Eine zweite Explosion erhellte mit ihrem gleißenden, gelben Schein für einen kurzen Moment den grauen Morgenhimmel.

Manda lächelte vor sich hin, während sie die Metalleiter am Grubeneingang hinunterstieg. Brent schien seine Arbeit gut vorbereitet zu haben, mit seinem üblichen Gefühl für dramatische Effekte.

Die Leiter kam ihr noch länger vor als sonst, und der puderartige Staub kratzte in ihren Lungen, als sie endlich den Boden des Stollens erreichte. Vorsichtig ging sie um die aufgetürmten Schutthaufen herum.

Der Laternenschein warf unheimliche Schatten auf die Wände. Anfangs, als sie ihre Suche begonnen hatte, war ihr die Atmosphäre in der Mine erstickend und beängstigend erschienen, aber nun hatte sie sich längst daran gewöhnt. Charlies Mine war ihr so vertraut wie ihr Schlafzimmer in Killaroo. Rasch ging sie vom Stolleneingang zu dem Tunnel, in dem sie in den letzten Tagen gesucht hatte.

Und dann spürte sie Panik in sich erwachen. Wenn sie sich nun doch geirrt hatte? Nein, das kann nicht sein, ermahnte sie sich augenblicklich. Charlie mußte Mignon in seinem Brief einen Hinweis gegeben haben, wo er den Opal versteckt hatte. Wahrscheinlich hatte er befürchtet, es könne ihm etwas zustoßen und sein Brief in die falschen Hände fallen, und daher hatte er nicht gewagt, Mignon mehr als nur einen Hinweis zu geben. Ein Beutel! In einem Beutel. Aber der zweite Beutel war nicht der Beutel, der den Stein schützen sollte. Zumindest hoffte Manda es verzweifelt.

Sie hob die Laterne hoch und betrachtete prüfend die Zeichnungen auf den groben, schwarzbraunen Wänden des Stollens. Welche Zeichnung mochte es sein? Eine Beutelratte? Eine Beutelmaus? Ein Känguruh? Alle diese Tiere hatten Beutel.

»Welches ist es, Charlie? Ich habe nicht viel Zeit«, murmelte Manda.

Die großen, schwarzen Augen der gemalten Tiere starrten sie geduldig von den Wänden an. Und warteten.

Das Känguruh! ging es Manda plötzlich mit überraschender Entschiedenhait durch den Sinn, und sie ging rasch auf die letzte Zeichnung des Tunnels zu.

Das Känguruh stand aufrecht. Seine schlanken Vorderpfoten sahen lächerlich zart und zerbrechlich aus im Vergleich zu seinen massiven Hinterbeinen. Aber es war eine gelungene Zeichnung, obwohl sie nur aus einfachen schwarzen Linien bestand, wie alle anderen Zeichnungen im Stollen. Das natürliche Braun der Wände füllte die äußeren Umrisse aus, und Charlie hatte nur hier und da ein paar Schattierungen angebracht, um einen Muskel anzudeuten, Teile des Fells oder . . .

*Schattierungen.* Der Beutel des Känguruhs war mit schraffierten Linien bedeckt, die ihn deutlich aus der Zeichnung heraushoben.

Mandas Hände zitterten, als sie Laterne und Werkzeugkasten auf den Boden stellte und näher an die Wand trat. »O Charlie, laß es das sein, bitte!«

Mit den Fingerspitzen tastete sie die dunkleren Umrisse des Beutels ab. Der Stein fühlte sich poröser an als der Rest der Wand, es schien sich um ein Füllmittel zu handeln, das überstrichen worden war.

Rasch öffnete sie den Werkzeugkasten und nahm eine

Feile heraus. Die Spitze der Feile schnitt in das poröse Füllmittel wie ein heißes Messer in Butter. Manda drehte die Feile, und ein puderartiger Staub sank aus der schraffierten Fläche herab. Nun hielt sie die Feile mit beiden Händen und zog sie vorsichtig über die dunklere Linie am Außenrand des Känguruhbeutels. Ein paar Minuten später hatte sie den gesamten Umriß freigelegt und ließ die Feile fallen.

Sie holte tief Luft. Dann streckte sie die Hände aus und schob behutsam ihre Finger in die schmale Öffnung, die sie auf jeder Seite des Beutels geschaffen hatte. Sie zog vorsichtig. Es rührte sich nichts. Sie zog fester, und jetzt bewegte sich der Stein, auf dem der Beutel aufgezeichnet war, langsam von seinem Platz in der Wand! Manda zog ihn ganz heraus, legte ihn auf den Boden und spähte in das dunkle Loch.

Er war da! Ein großer lederner Beutel!

Ihr Herz klopfte so heftig, daß sie das Gefühl hatte, es müßte zerspringen, als sie den Beutel vorsichtig aus seinem Versteck nahm. »Charlie, ich hoffe, es war kein dummer Scherz!«

Die Schwarze Flamme schimmerte im Laternenschein wie ein mitternächtlicher Regenbogen. Es war ein großer, viereckiger Stein, ungeschliffen, unpoliert, und dennoch berückend schön. Halb durchsichtig, schimmerte er grün, blau und scharlachrot wie das brennende Herz der Flamme, nach der er benannt worden war.

Manda starrte den Stein an, wie verzaubert von seiner Schönheit. Was mußte Charlie empfunden haben, als er dieses Wunder der Natur entdeckte? Freude, Angst, ein Gefühl von Ehrerbietung angesichts der Tatsache, daß etwas derart Schönes in der Dunkelheit und Verdorbenheit von Deadman's Ridge existierte? Vielleicht all das gleichzeitig.

Ein Stück Papier steckte im Lederbeutel, aber Manda wollte jetzt nicht lesen, was darauf stand. Es war sichtlich eine Nachricht für Mignon, und Manda glaubte, für heute tief genug in Charlies Welt eingedrungen zu sein. »Es ist für Killaroo, Charlie«, flüsterte sie. »Deine Träume sind nie erfüllt worden, aber dies wird einem anderen Delaney helfen, seine Träume zu verwirklichen. Ich glaube, du wärst damit einverstanden.« Sie steckte den Opal vorsichtig in den Lederbeutel zurück und zog die Schnur zusammen.

»Ich nehme ihn.«

Manda zuckte zusammen, dann erkannte sie, wem die Stimme gehörte, und entspannte sich. »Du hast mich vielleicht erschreckt, Dennis!« sagte sie vorwurfsvoll. »Mach dir keine Sorgen um den Opal.« Sie drehte sich zu der schattenhaften Gestalt am Eingang des Stollens um. »Ich stecke ihn in den Werkzeugkasten, da ist er völlig si . . .«

*Dennis hielt einen Revolver in der Hand!*

»Dennis?«

Er kam einen Schritt auf sie zu. »Herzlichen Glückwunsch, Manda. Ich hätte mir denken sollen, daß du finden würdest, was du suchtest. Du warst schon immer eine hartnäckige kleine Hexe.«

Manda schüttelte verwirrt den Kopf. »Was soll das heißen, Dennis? Du bist mein Freund. Du bist doch kein Dieb.«

»Es gibt Momente im Leben, wo man Freundschaft gegen andere Werte abwägen muß.«

»Geld?«

»In gewisser Weise, ja. Meine Cessna steht auf dem Spiel. Ich habe beim Pferderennen und bei anderen Glücksspielen eine Menge Geld verloren und Schulden gemacht, für die ich die Cessna als Sicherheit einsetzen mußte. Ich will sie nicht verlieren, Manda. Du weißt, wie ich mein Flugzeug liebe und was das Fliegen mir bedeutet.«

»Ich weiß.« Sie umklammerte den Lederbeutel unbewußt noch fester. »Tu es nicht, Dennis. Es ist es nicht wert.«

»Ich habe keine andere Wahl«, erwiderte er. »Es ist nur eine Frage der Zeit, bis Roman herausfindet, daß ich die Fotos verkauft und dich in Verdacht gebracht habe. Dann bin ich meinen Job bei ihm los und muß vielleicht sogar mit einer Anzeige rechnen. Ich brauche Geld, um meine Schulden zu bezahlen und woanders neu anfangen zu können. Das Geld, das ich für die Fotos bekam, hat nicht einmal ein Zehntel meiner Schulden gedeckt.« Sein Blick ging zu dem Lederbeutel in Mandas Hand. »Aber dieser Opal könnte mein Ticket in ein neues Leben sein.«

»Er gehört mir, Dennis. Ich habe wie eine Wahnsinnige geschuftet, um Charlies Opal zu finden.«

Dennis nickte bedauernd. »Das tut mir leid. Weißt du, ich hatte schon halb gehofft, du würdest den Stein nie finden. Ich wollte ihn dir nicht fortnehmen. Ich mag dich, Manda, das weißt du.«

»Und trotzdem bedrohst du mich mit einer Waffe?«

»Es geht nicht anders.« Ein Muskel zuckte an seinem Mund. »Du liebst diesen alten Mann – Jacto. Ich wußte, daß du mir den Opal nie freiwillig geben würdest, sobald du wüßtest, daß ich es war, der Jacto niedergeschlagen hat.«

»Du!«

»Bist du noch nicht darauf gekommen? Ich brauchte Geld, und du warst ganz offensichtlich auf der Suche nach etwas sehr Wertvollem. Da dachte ich, ich schaue mal nach, was sie da unten treibt.«

Manda wurde übel. »Du hättest Jacto umbringen können!«

»Sei vernünftig, Manda. Ich konnte meine Cessna nicht verlieren.«

Sie starrte ihn entgeistert an. »Ein Flugzeug ist wichtiger für dich als ein Menschenleben?«

Er machte eine ungeduldige Bewegung mit der Waffe. »Gib mir den Opal. Ich habe nicht viel Zeit. Ich bin sofort losgelaufen, als das Feuerwerk begann, aber es kann nicht lange dauern, bis Roman oder die anderen hier auftauchen.«

»Was machst du, wenn ich mich weigere?«

»Tu es lieber nicht«, riet er sanft. »Ich bin ein verzweifelter Mann. Ich müßte vielleicht auf dich schießen. Nein, natürlich nicht, um dich umzubringen, Manda. Höchstens in den Arm oder . . .« Er brach mit einem gurgelnden Ton ab, schwankte und sank dann schwer zu Boden.

Manda starrte betroffen auf seine leblose, zusammengekrümmte Gestalt. Was war passiert?

»Alles in Ordnung bei dir?« fragte Roman.

Ihr Blick flog zu dem größeren Schatten, der Dennis' Schatten am Eingang des Tunnels ersetzt hatte.

Roman ging um den reglosen Körper des Piloten herum und kam auf Manda zu. »Ich dachte, du würdest ihm jeden Augenblick ins Gesicht springen. Warum hast du ihm den verdammten Opal nicht gegeben? Ich hätte ihn ihm sofort wieder abgenommen, sobald er am Stolleneingang erschienen wäre.«

»Das wußte ich nicht«, erwiderte Manda tonlos. »Was hast du mit ihm gemacht?«

»Ich habe ihm nur einen sehr wirkungsvollen Karateschlag in den Nacken versetzt. Etwas, das ich in Vietnam gelernt habe.« Er blieb vor Manda stehen. »Ich hatte

Angst, noch länger abzuwarten. Du hättest ihm den Opal nicht gegeben, und er hatte eine Waffe.«

»Wie lange hast du schon gewartet? Was machst du überhaupt hier?«

»Ich bin seit drei Uhr morgens hier. Die Sicherheitsagenten im Hotel riefen mich an, um mich von einer sehr eigenartigen Versammlung zu unterrichten, die in deinem Zimmer stattfand. Fast so etwas wie ein Kriegsrat, meinten sie. Außerdem wollte ich dabei sein, wenn Dennis seine Karten aufdeckte.«

»Dann wußtest du, daß es Dennis war?«

»Ich wußte, daß er höchstwahrscheinlich für die Fotos und die Artikel verantwortlich war. Als ich mit unserer Sicherheitsabteilung in Sydney sprach, bat ich sie, die Höhe von Dennis' Schulden herauszufinden und festzustellen, ob er mit irgendwelchen Zeitungen in Verbindung stand. Aber da ich ihn nicht warnen wollte, habe ich so getan, als hielte ich dich für die Schuldige.«

Er schüttelte den Kopf. »Dann rutschte dir die Geschichte von dem Angriff auf Jacto heraus, und ich vermutete, daß Dennis auch dafür verantwortlich war. Ich wußte nicht mehr, was ich tun sollte. Aber da ich dich und Jacto nicht in Gefahr wissen wollte, ließ ich euch nach Coober Pedy bringen.«

Er verzog das Gesicht. »Dann war Jacto plötzlich wieder verschwunden, und mir war klar, daß du auch nicht lange im Hotel bleiben würdest. Ich rechnete damit, daß du einen totalen Angriff auf das Lager starten würdest, um hierher zurückkehren zu können, und dem Klang der Explosionen nach zu urteilen, hatte ich recht. Habe ich irgend etwas ausgelassen, was das Bild vervollständigen könnte?«

Manda nickte. »Keine Angst, es war kein echter

Angriff. Woher wußtest du, daß Dennis die Artikel verkauft hatte?«

»Als ich dich nicht mehr verdächtigte, fiel der gesamte Verdacht auf ihn. Er bewegte sich frei zwischen Sydney und unserem Lager hin und her, und im letzten Artikel standen ein paar Anekdoten, die am Drehort stattgefunden hatten. Du arbeitetest Tag und Nacht hier in der Mine und konntest daher nichts von diesen Geschichten wissen.«

»Jemand aus dem Team hätte sie mir erzählt haben können.«

»Ja.« Er lächelte zärtlich. »Aber ich hatte beschlossen, daß man irgendwo mit dem Vertrauen beginnen muß. Wie Dennis schon sagte, es kam alles auf eine Frage des Vertrauens heraus.«

Manda spürte eine wilde, triumphierende Freude in sich erwachen. Am liebsten hätte sie Roman umarmt und ihn mit aller Kraft an sich gedrückt. Sie wollte singen, tanzen und vor Freude weinen. »Er hat sich geirrt, Roman. Es war nicht nur eine Frage des Vertrauens, aber es hatte sicher eine Menge damit zu tun. Den Rest besprechen wir später.«

Sie trat einen Schritt vor und berührte mit den Fingerspitzen Romans Wange. »Aber nicht hier. Das ist Charlies Königreich, und heute nacht habe ich ihm schon genug genommen. Laß uns in die wirkliche Welt hinaufsteigen.« Sie lachte plötzlich. »Dann sage ich dir, warum es so wichtig für mich war, die Schwarze Flamme zu finden, und stelle dir meine Schwestern vor.«

# 10

»Wow!« Brent pfiff anerkennend durch die Zähne, während er Manda bewundernd betrachtete. »Manda, die Wunderbare. Ich hätte nicht gedacht, daß du außer abgeschnittenen Jeans und Shorts auch noch andere Kleidung besitzt.« Er scherzte nur, aber es war doch ein beachtlicher Schock für ihn gewesen, als er Manda aus dem Flugzeug steigen sah. Das Kleid, das sie trug, war elegant, sexy und dennoch sehr typisch für Manda. Das smaragdgrüne Material bestand aus dem weichesten Samt, den man sich vorstellen konnte. Er schmiegte sich an ihren Körper wie eine zweite Haut und schien eine diskrete, aber unwiderstehliche Einladung auszusprechen.

Das Oberteil bestand aus einer ärmellosen Weste, deren oberste Knöpfe offenstanden und einen Blick auf ihren sanft gerundeten Busen gestatteten. Der enge Rock war bis zum Oberschenkel geschlitzt. Als Manda auf Brent zukam, konnte er ihre langen, braunen Beine und schöngeformten Füße sehen, die in Sandalen mit hohen Absätzen steckten. »Ich bin beeindruckt.«

Sie schnitt eine Grimasse. »Du warst es eigentlich gar nicht, den ich beeindrucken wollte. Wo ist Roman?«

»Er mußte beim Drehen der letzten Actionszenen dabei sein. Da ich nicht darin erscheine, bat er mich, dich hier in Coober Pedy abzuholen.« Er schmunzelte. »Es hat mich sehr erstaunt, muß ich sagen. So wie ich Roman kenne, hätte ich zumindest erwartet, daß er einen Bodyguard für dich mitschickt, bevor er mich in deine Nähe läßt.«

Manda lächelte gelassen. »Hast du es noch nicht

gehört? Roman hat sich dafür entschieden, mir zu vertrauen.«

»Möglich«, meinte Brent skeptisch, während er ihr beim Einsteigen in den Jeep half. »Trotzdem glaube ich, daß es besser ist, wenn ich verschwinde, bevor er dich in diesem Aufzug sieht.« Sein Blick glitt flüchtig über den weichen Samt, der ihre Brüste umschmeichelte wie eine zweite Haut. »Er würde mir nie glauben, daß ich bei meinem momentanen, enthaltsamen Leben einer solchen Versuchung widerstehen konnte.« Er setzte sich auf den Fahrersitz und drehte den Zündschlüssel um. »Selbst ich kann es kaum glauben. Wie war es in Sydney? Hast du den Opal verkauft?«

Sie schüttelte den Kopf. »Der Juwelier bemüht sich darum, einen Sammler zu finden, der mir einen besseren Preis zahlen würde. Er versprach, mich später anzurufen, um mir sein letztes Angebot zu nennen.« Sie schüttelte den Kopf. »Es wird knapp werden. Der Juwelier hat mir dreihundertfünfzigtausend für die Schwarze Flamme geboten. Aber ich brauche viel mehr.«

»Das wirst du auch bekommen.« Brent lenkte den Jeep aus dem Parkplatz. »Eine Frau, die mich überreden konnte, mich auf ein Kamel zu setzen, kann noch ganz andere Dinge erreichen.«

Sie lachte und machte es sich für die lange Fahrt nach Deadman's Ridge bequem. Mit jeder Meile, die sie hinter sich brachten, wuchsen ihre innere Erregung und Vorfreude. Sie hatte Roman vier lange Tage nicht gesehen. Zwar hatten sie täglich telefoniert, aber das war nicht genug gewesen.

An jenem Nachmittag, an dem sie den Opal gefunden hatte, war Roman bei ihren Schwestern zurückgeblieben, während Manda nach Sydney flog. Aber dort hatte sie feststellen müssen, daß es gar nicht so einfach war, einen Käufer für einen derart seltenen Edelstein zu finden.

Heute morgen, als sie ihre Maschine bestieg, war sie von unerträglicher Ungeduld beherrscht gewesen. Dann, als sie Brent am Flughafen sah statt Roman, war bittere Enttäuschung in ihr erwacht. Vielleicht war es albern von ihr, aber sie hatte sich so gewünscht, daß Roman sie in femininerer Kleidung sah als in den groben Sachen, die sie bei ihrer Arbeit in der Mine getragen hatte.

Aber es war nicht nur das. Sie hatte verführerisch für ihn erscheinen wollen und mußte nun lächeln bei der Erinnerung daran, wie sie ihm einmal vorgeworfen hatte, sie verführt zu haben. Jetzt hatte sie den Spieß umgedreht. Es war viel zu lange her, seit sie sich geliebt hatten, und das sollte sich so schnell wie möglich ändern.

Es war später Nachmittag, als der Jeep die letzte Steigung nach Deadman's Ridge begann.

»Soll ich dich zu der Stelle fahren, wo sie drehen?« fragte Brent.

Manda schüttelte den Kopf. »Ich wäre ihnen nur im Weg. Laß mich am Rand des Opalfeldes aussteigen. Ich möchte zum Lager gehen und Jacto sagen, daß ich zurück bin.«

»Er weiß, daß ich zum Flughafen gefahren bin, um dich abzuholen. Er bat mich, dir zu sagen, er würde warten, um dich zu sehen.«

»Warten, um mich zu sehen?« wiederholte sie verwirrt. »Komische Art, sich auszudrücken.« Eine ihr unerklärliche Angst erwachte plötzlich in ihr.

Sie stieg aus dem Jeep, kaum daß er gehalten hatte, und ging eilig auf ihr Lager zu. Als sie das Vordach erreichte, rannte sie fast. Jactos Rucksack war nirgendwo zu sehen!

Er war fort. Aber er konnte nicht fort sein. Jacto würde sie nie verlassen. »Jacto, verdammt, wo steckst du?«

»Ich bin hier.«

Sie drehte sich blitzschnell zum Bach um und atmete erleichtert auf. Jacto kam mit seinen gewohnten, katzenartigen Schritten auf sie zu.

»Du hast mich erschreckt, Jacto!« sagte sie vorwurfsvoll. »Ich konnte deinen Rucksack nicht finden und . . .« Sie brach betroffen ab. Jacto trug den Rucksack auf dem Rücken! »Gehst du fort?«

»Es ist Zeit.«

»Aber du kommst doch zurück? Du kommst immer zurück.«

Er antwortete nicht.

»Du *mußt* zurückkommen! Wir sind ein Team, oder hast du das vergessen? Niemand sonst auf der Welt versteht . . .« Ihre Stimme klang plötzlich brüchig, und sie räusperte sich. »Warum?«

»Du hast dich verändert. Ich nicht.«

»Aber das macht doch nichts! Ich bin immer noch Manda. Ich habe dich immer noch gern, Jacto. Ich brauche dich immer noch.«

»Du beschreitest nun einen anderen Weg.« Für einen Moment huschte ein gequälter Ausdruck über sein altes Gesicht. »Es ist ein Weg, den ich selbst nie gehen konnte. Mein Leben lang habe ich zugeschaut, wie es geschah. Für einen Tag, ein Jahr oder ein Jahrzehnt hatte ich jemanden, der mit mir ging, und dann kam die Veränderung, und ich mußte allein weitergehen.«

»Jacto . . .« Mandas Kehle war wie zugeschnürt, sie brachte kaum ein Wort heraus. »Bleib. Du wirst Roman mögen, wenn du ihm nur eine Chance gibst. Ich weiß, daß du Vorurteile gegen ihn hast, aber . . .«

»Ich habe keine Vorurteile. Er wird dir ein guter Mann sein. Er kennt dich.«

Manda runzelte die Stirn. »Aber du hast dich immer geweigert, ihn kennenzulernen. Du wolltest ihn nicht einmal ansehen.«

»Es tut weh, die Ursache des Leids zu betrachten. Ich wußte, daß er es war, der dich auf den neuen Weg führen würde.«

Manda spürte Tränen über ihre Wangen rollen. »Bitte, Jacto, bleib. Geh nicht fort!«

Er schüttelte den Kopf. »Es ist Zeit.« Dann wandte er sich ab und begann auf das Opalfeld zuzugehen.

Manda ballte unbewußt die Fäuste. Ein heftiges Schluchzen stieg in ihrer Kehle auf, aber sie gab ihm nicht nach. Tränen würden Jacto nicht zum Bleiben oder Zurückkommen überreden. Nichts konnte ihn dazu bringen. Außer vielleicht . . .

Sie trat einen Schritt vor. Ihre Stimme schallte durch die Stille, die über Deadman's Ridge hing. »Jacto, du wirst zu uns zurückkommen! Wenn schon nicht mir zuliebe, dann aus anderen Gründen.«

Aber Jacto ging weiter. Er blieb weder stehen, noch schaute er sich um.

»Weißt du, wie Romans und meine Kinder sein werden, Jacto? Denk einmal darüber nach. Sie müssen so wild und freiheitsliebend und verrückt sein, wie wir es waren. Sie werden die Wildwasser hinunterjagen und die Blue Mountains besteigen wollen. Sie werden die gleichen Wege begehen wie wir. Und sie brauchen jemanden, der sie auf diesen Wegen begleitet.«

Sie hielt inne, um Luft zu holen. »Hörst du, Jacto? Du wirst zurückkommen.«

Endlich verhielt Jacto seinen Schritt und blieb sehr lange reglos stehen. Dann schaute er über die Schulter zurück und lächelte schwach. »Ich höre, Manda.« Er wandte sich ab. »Ich werde über deine Worte nachdenken.«

Mehr nicht. Sie schaute hilflos zu, wie er von neuem seinen Weg aufnahm und mit entschiedenen Schritten auf die entfernte Straße zuging.

Er schaute sich nicht mehr nach Manda um.

Roman parkte seinen Jeep neben Mandas und kletterte vom Fahrersitz. Zuerst wußte er nicht, wo sie war, dann sah er etwas Smaragdgrünes aufleuchten und eine Spur von Gold vor dem uralten Gestein des Felsens schimmern.

Manda stand genau an der Stelle, wo der Fels in zwei Teile gespalten war, den Blick auf die wüstenartige Landschaft vor ihr gerichtet. In ihrem eleganten Kleid hätte sie eigentlich fehl am Platze wirken müssen in dieser öden Umgebung, aber eigenartigerweise war das nicht der Fall. Sie wirkte völlig natürlich, wie ein Teil ihrer Umgebung, wild und . . . wunderschön.

Roman stieg die kleine Anhöhe hinauf und ging mit fragendem Blick auf Manda zu. »Ich habe dich vermißt.« Es war die Untertreibung des Jahres. Er hatte sich während ihrer Abwesenheit so unvollkommen gefühlt wie nie zuvor in seinem Leben und war sicher, daß es von jetzt an nie anders sein würde. »Ich wollte dich am Flughafen abholen, aber es war sehr wichtig, diese Szenen noch heute in den Kasten zu bekommen. Ich muß die Dreharbeiten abschließen, bevor wir nach Melbourne fahren, um Addie den Cup reiten zu sehen.«

»Ich wußte, daß du gekommen wärst, wenn es möglich gewesen wäre. Ich habe dich auch vermißt«, flüsterte Manda. Ihr Blick kehrte zu dem sich endlos vor ihr erstreckenden Land zurück. »Der Bach ist fort, und die Blumen sind auch nicht mehr da.«

»Ja, ich sagte dir schon, daß sie nicht lange halten würden.«

»Du sagtest aber auch, sie kämen zurück.«

»Sie werden zurückkommen. Ich verspreche es dir, Manda.«

»Jacto ist auch fort.«

»Ich weiß. Brent sagte es mir. Er hat mir auch ausgerichtet, daß ich dich hier treffen soll.«

»Jacto wird mir fehlen.«

Roman trat einen Schritt näher und strich Manda zärtlich übers Haar. »Ich kann dir nicht versprechen, daß er zurückkommt, Manda.«

»Ich weiß.« Sie lächelte ihn mit zitternden Lippen an. »Er führt sein eigenes Leben. Ich hoffe, es stört dich nicht, aber ich habe ihm sozusagen unser Erstgeborenes versprochen. Vielleicht sogar alle unsere Kinder. Ich dachte, einer solchen Verlockung könnte er nicht widerstehen. Und unsere Kinder werden alle Hilfe brauchen, die sie kriegen können. Wer weiß? Vielleicht möchten sie sich ja auf die Suche nach einer unbewohnten Insel machen, wo Einhörner leben, schwarze Schwäne fliegen und jeden Tag neue Abenteuer . . .« Ihre Stimme brach. »Ich glaube, mit Jactos Hilfe könnten sie diese Insel finden.«

Romans Kehle war wie zugeschnürt vor Mitleid. Er hätte ihr so gern geholfen, aber er konnte ihren Schmerz nur teilen, ihn ihr nicht abnehmen. »Das glaube ich auch.«

Er zog Manda in die Arme und wiegte sie sanft. Armer kleiner Peter Pan, nun war der Moment seiner Nemesis gekommen. Aber nein, nicht Manda war Peter Pan, sondern Jacto. Manda hatte sich mit ihrem Erwachsenensein abgefunden wie er selbst, Roman, es vor acht Jahren getan hatte, und das auf ihre ganz persönliche Weise. Sie war keine zahme Wendy, sondern seine wilde, farbenfroh gefiederte Manda, deren warmes, liebevolles Herz nun blutete.

Er strich mit den Lippen über ihre Schläfe. »Vielleicht finden wir die Insel eines Tages auch. Ich kann dir keine täglich neuen Abenteuer versprechen, aber ich werde alles tun, um dich glücklich zu machen, Darling.«

Sie hob den Kopf und küßte ihn. »Aber natürlich werde ich jeden Tag Abenteuer erleben! Ich werde erwachsener und mich verändern und dich jeden Tag ein bißchen mehr lieben.« Sie lächelte glücklich. »Falls es möglich ist, dich noch mehr zu lieben. Du hast dich geirrt Roman, als du an jenem Tag, an dem wir hier waren, sagtest, ich wüßte nicht, was Liebe ist. Vielleicht liebe ich dich jetzt mehr, aber an jenem Morgen liebte ich dich auch. Ich brauchte nur ein bißchen Zeit, um darüber nachzudenken, was Liebe ist.«

Sie schaute ihm in die Augen. »Und zu deiner Information möchte ich dir sagen, daß ich beschloß, du seist es wert, daß ich bei dir blieb und dich umerzog, obwohl du ein mißtrauischer, grober Klotz warst. Ich möchte meine Träume mit dir teilen und sie mit dir verwirklichen. Ich glaube, auch die Klausel mit ›in guten wie in schlechten Zeiten‹ läßt sich regeln, aber ich bin sicher, daß wir keine schlechten Zeiten haben werden, Roman. Wir werden so glücklich sein, daß wir die ganze Welt mit unserem Glück erhellen.«

Er lachte. »Darauf kannst du dich verlassen.« Sie kam allmählich zurück. Die Trauer war noch da, aber er konnte sehen, daß Mandas Lebensfreude stärker war. »Wir werden allen zeigen, was man aus einer Ehe machen kann.«

»Als erstes werde ich eine erstklassige Operation an dir vornehmen.« Sie berührte mit dem Zeigefinger die Narbe an seiner linken Wange. »Es müssen ein paar Komplexe bei dir entfernt werden, und ich bin die geeignete Person, um das Skalpell zu führen. Laß uns eins feststellen: Du bist *nicht* häßlich.«

Roman runzelte die Stirn. »Manda . . .«

Sie legte ihm den Finger auf die Lippen. »Sei still und laß den Chirurgen reden. Du bist kein schöner Mann, aber du könntest nie häßlich sein. Dein Gesicht verrät Intelligenz und Charakter, und das ist es, was deine Attraktivität ausmacht.« Sie lachte kurz. »Außerdem bist du sexy wie kein anderer Mann in Australien und vielleicht sogar in der ganzen Welt. Ich kann mich nicht im gleichen Raum mit dir aufhalten, ohne dir die Kleider vom Leib reißen zu wollen und . . . was machst du da?«

»Was glaubst du? Ich ziehe dich aus.« Mit geschickten Fingern öffnete er die letzten Knöpfe an ihrer Samtweste. »Du solltest so etwas nie zu einem nach Sex ausgehungerten Mann sagen, ohne eine augenblickliche Reaktion zu erwarten.« Er zog die Weste auseinander und holte tief Luft. »Ich dachte mir schon, daß du nichts darunter trägst. Der Samt umgab deine Brust wie eine zweite Haut.«

Er senkte den Kopf, und sie spürte seinen warmen Atem auf ihrer Brustspitze. Sie legte die Hände auf seinen Kopf und verschränkte sie in seinem dunklen Haar. Sie war plötzlich völlig außer Atem, konnte die Hitze in ihrem Körper spüren, und ihre Bauchmuskeln zogen sich mit schon vertrauter Spannung zusammen. »Du willst mit mir schlafen . . . hier?«

»Ich finde den Ort sehr passend. Du nicht?«

Sie war nicht sicher, ob sie sich darüber jetzt Gedanken machen konnte. »Die Steine . . .«

»Ich hole eine Decke aus dem Jeep.« Er schaute lächelnd auf. Es war ein bezauberndes Lächeln, fand Manda. »Es ist ein sehr hübsches Kleid, aber ich sehe dich lieber nur mit den Sonnenstrahlen und der Wüste bekleidet, Manda. Und ich möchte mich immer daran erinnern, daß ich dich hier, an diesem ganz speziellen Ort, besessen habe.« Er wollte mehr als das, er wollte die letzten Spuren von Mandas Trauer über die Trennung von Jacto beseitigen und sie durch Erinnerungen ersetzen, die aus reiner Freude bestanden.

Er zog sie sanft zu Boden und schaute sie mit funkelnden Augen an. »Möchtest du etwa nicht mit dem Mann schlafen, der sexier ist als alle anderen Männer auf diesem Kontinent?«

Zärtlichkeit, Liebe und Lachen sprachen aus Romans Blick. Wie konnte sie anders, als darauf mit ja zu antworten?

»Ja. Ja!« Sie schlang die Arme um seinen Hals und schmiegte sich an ihn. »Du hast völlig recht. Liebe mich. Eine solche Gelegenheit kann ich mir nicht entgehen lassen.«

Die Sonne war längst untergegangen, aber auf dem indigoblauen Himmel waren noch einige rosa Streifen zu erkennen, als Manda und Roman zu ihren Jeeps zurückgingen.

»Es ist so schön hier.« Manda blieb stehen und schaute über das Panorama aus Erde und Himmel. »Es gibt mir das Gefühl, ganz klein zu sein und doch irgendwie . . . mächtig. Als gehörte ich dazu, als wäre ich ein Teil von all dieser Schönheit.« Sie zuckte die Schultern. »Weißt du, was ich meine?«

Roman nickte. »Ja.« Er schaute zum Horizont hinüber.

»Ich muß dir etwas sagen. Der Juwelier aus Sydney rief an, bevor ich das Lager verließ. Es ist ihm nur gelungen, ein Höchstgebot von vierhunderttausend für den Stein zu bekommen.«

Manda empfand bittere Enttäuschung. »Verdammt, das hatte ich schon befürchtet!«

»Du wärst sicher nicht bereit, die restlichen hunderttausend von mir anzunehmen?«

»Nein, mir wird schon etwas anderes einfallen.« Sie runzelte nachdenklich die Stirn. »Es muß doch etwas geben, was ich tun kann!«

»O ja.« Roman lächelte. »Ich habe bereits damit angefangen. Ich dachte mir, daß du kein Geld von mir annehmen würdest, deshalb habe ich ein paar Telefongespräche geführt.«

»Telefongespräche? Mit wem?«

»Eins mit einer Zeitung in Sydney. Dann zwei andere mit Amerika – *People's Magazine* und *Rolling Stone*.«

»Mit Zeitungen?«

Er nickte. »Wir werden die meistveröffentlichte Hochzeit feiern, seit Prinz Andrew seine Sarah geheiratet hat. Und für die Rechte dieser Veröffentlichungen bekommst du eine Menge Geld, mein Schatz. Einhunderttausend Dollar, um genau zu sein.«

Sie starrte ihn verblüfft an. »Du *haßt* die Presse doch!«

»Sicher. Aber ich *liebe* Manda Delaney.«

Oh, und wie sie ihn liebte! Wie bezaubernd von ihm, so etwas zu tun! Sie warf sich in seine Arme und umarmte ihn mit aller Kraft. »Roman, du bist wunderbar, phantastisch, du bist . . .«

Er lachte. »Supersexy – das ist die Bezeichnung, die mir am besten für mich gefällt. Ich hätte nichts dagegen, es noch einmal zu hören.«

»Du bist supersexy. Es gibt keinen anderen Mann auf

dem australischen Kontinent, im ganzen Pazifik, auf der ganzen Welt, der so sexy ist wie du!«

»Das reicht.« Er küßte sie liebevoll. Dann stöhnte er leise auf, zog sie fester an sich heran und begann sie stürmischer und mit zunehmender Leidenschaft zu küssen.

Schließlich löste er sich von ihr und sagte heiser: »Ich habe mich geirrt. Es reicht doch nicht. Ich werde nie genug von dir bekommen. Laß uns zum Wohnmobil zurückfahren und ins Bett gehen.«

Manda lachte ihn an. »Es ist nicht einmal dunkel.«

»Das wird es bald sein, und wenn wir dann noch nicht im Bett sind, garantiere ich dir, daß ich feststellen werde, wie du nackt im Sternenschein aussiehst.« Er drückte ihr einen Kuß auf die Lippen und drehte sie entschieden in Richtung ihrer Wagen.

Während sie gingen, ruhte sein Arm um Mandas Hüfte. »Ich habe über die Steuerfrage nachgedacht«, sagte er plötzlich. »Es ist dir sicher klar, daß es bei fünfhunderttausend Dollar ein ganz schöner Batzen sein wird, den der Fiskus beansprucht. Und ich glaube, auch dafür habe ich schon eine Lösung gefunden.«

Sie schmiegte sich fester in seinen Arm. »So?«

Er nickte nachdenklich. »Wie wäre es, wenn du mir die ganze Story für ein Drehbuch verkaufen würdest? Es hätte Aussichten, ein Erfolg zu werden. Drei Schwestern, ein fast unmögliches Vorhaben, Gefahr, Liebe. Es besteht kein Grund, warum du nicht . . .«

Mandas fröhliches Lachen hallte durch die Stille der Nacht.

ENDE

**Band 58 507**

**Fayrene Preston**

**Adelaine die Ungezähmte**

**Deutsche Erstveröffentlichung**

Nicht im geringsten kann Shane Marston verstehen, warum Adelaide so verbissen Rennen reitet und Kopf und Kragen riskiert, um zu gewinnen. Eine so zarte und zerbrechlich wirkende Frau sollte von einem Mann beschützt und auf Händen getragen werden – von einem Mann wie ihm.

Doch er merkt schnell, daß ihr Äußeres gewaltig täuscht, denn sie ist stark, stolz und eigensinnig – eine Frau, die nur von der leidenschaftlichen Liebe eines Mannes gezähmt werden kann ....

BASTEI LÜBBE

**Sie erhalten diesen Band im Buchhandel, bei Ihrem Zeitschriftenhändler sowie im Bahnhofsbuchhandel.**